LOS MEJORES CUENTOS TRISTES

Autores Varios

LOS MEJORES CUENTOS
TRISTES

Mestas
ediciones

Colección
LOS MEJORES CUENTOS DE...

© MESTAS EDICIONES, S.L.
Avda. de Guadalix, 103
28120 Algete, Madrid
Tel. 91 886 43 80
Fax: 91 886 47 19
E-mail: info@mestasediciones.com
www.mestasediciones.com
http://www.facebook.com/MestasEdiciones
http://www.twitter.com/#!/MestasEdiciones
© Derechos de Traducción: Mestas Ediciones, S.L.

Director de colección: J. M. Valcárcel

Imagen de cubierta bajo licencia Shutterstock
Autor: Alexblacksea

Primera edición: *Marzo, 2022*

ISBN: 978-84-18765-12-4
Depósito legal: M-2377-2022
Printed in Spain – Impreso en España

INTRODUCCIÓN

La tristeza y la felicidad son caras de una misma moneda. No podríamos definir la una sin la otra. Estamos ante una analogía que se puede explorar de muchas formas. Por ejemplo, piensa en lo complicado que es definir el color blanco sin mencionar el negro. O cuán imposible sería intentar explicar qué sonido produce una sola nota en un piano sin contrastarla con todas las otras notas a su alrededor. Sin oscuridad, no podríamos apreciar la luz…

«*Sufrir y llorar significa vivir.*»
Fiódor Dostoievski

Hay muchos temas que nos pueden hacer llorar. Entre ellos se incluyen historias sobre desamor, muerte, agonía, enfermedad, pobreza, crimen, tortura, abuso… Pero ¿por qué disfrutamos leyendo historias tristes? No es que nos deleitemos, es que aprendemos. No es que haya diversión, es que hay liberación. De alguna manera, leer sobre situaciones similares a las que podamos estar viviendo nosotros, nos libera del sentimiento que tenemos encerrado en el alma. ¡Y aprendemos a ser felices dejando marchar a la tristeza! Este libro te ayudará a ello de la mano de escritores imprescindibles de la literatura universal y algunas de sus obras más destacadas en narrativa breve: *La tristeza, Vanka* y *La cigarra*, de Antón Chéjov; *El canario*, de Katherine Mansfield; *Coco*, de Guy de Maupassant; *Bartleby*, de Herman Melville; *Una Nubecilla*, de James Joyce; *Yzur*, de Leopoldo Lugones; *La Niña De Los Fósforos*, de Hans Christian Andersen; *Alyosha,*

El cuenco, de Lev Tolstói; *Una aventura*, de Sherwood Anderson; *¡Adiós, Cordera!*, de Leopoldo Alas "Clarín"; *El chico que amaba una tumba*, de Fitz James O'brien; *La Muerte de John*, de Louisa May Alcott y *Un perro castaño oscuro*, de Stephen Crane.

> *«Debe haber algo extrañamente sagrado en la sal:*
> *está en nuestras lágrimas y en el mar.»*
> **Gibran Kahlil Gibran**

La ciencia nos explica que la tristeza se caracteriza por comportamientos que repetimos los seres humanos: deseo de aislamiento, lentitud en cada proceder, mucha menor búsqueda de recompensas. También por una expresión facial alicaída, con una bajada de párpados, una expresión que mira hacia abajo y un entrecejo inclinado. Sin embargo, también nos dice la ciencia que durante todo el proceso de dolor que conlleva estar tristes, se pueden producir momentos muy placenteros: como escuchar música, ver películas o leer libros melancólicos. Según el estudio de Matthew E. Sachs, Antonio Damasio y Assal Habibi (para la Brain and Creativity Institute, Dornsife College of Letters Arts and Sciences, University of Southern California, Los Ángeles, CA, EE.UU.) «La tristeza evocada por la música se encuentra placentera: (1) cuando se percibe como no amenazante; (2) cuando es estéticamente agradable; y (3) cuando produce beneficios psicológicos como la regulación del estado de ánimo y sentimientos de empatía, causados, por ejemplo, por el recuerdo y la reflexión sobre eventos pasados». Pero también hay mucho de "superación de la tragedia". En la tragedia clásica se busca que el espectador supere sus propios miedos viéndose reflejado en las injustas desgracias y peripecias por las que tiene que pasar el héroe. Algo parecido sucede al leer cuentos tristes. Nos sentimos identificados con la magnitud de la tragedia que viven los personajes y, de alguna manera, purificamos nuestra alma con el fin de la narración. Es un acto doloroso, aunque a la vez, placentero. Trascendemos nuestro sufrimiento personal y lo transmutamos en placer por el simple hecho de "haber sido capaces de superar ese dolor". Nos hemos enfrentado a él y hemos vencido.

«Los hombres ricos en lágrimas son buenos. Apartaos de todo aquel que tenga seco el corazón y secos los ojos.»

Goethe

En definitiva, quiero que sepas, querido/a lector/a, que hemos realizado esta selección literaria con una sola cosa en la cabeza: ayudarte a ver la vida con más optimismo. Todos hemos sufrido por decenas de cuestiones a lo largo de toda nuestra vida. Todos hemos tenido "momentos bajos". ¡Y está bien tenerlos! Lo que no podemos hacer es quedarnos "ahí". No queremos que tú te quedes "ahí" más tiempo del imprescindible. No nos interesa que te recrees en la tristeza, lo que deseamos es que te enfrentes a ella y descubras que la vida contiene millones de razones por las que sonreír cada día. ¡Esperamos que este libro sea una de esas razones para ti en estos días!

El editor

Lágrimas, no fluyan más,
y si vuestro anhelo es fluir,
hacedlo con suavidad.
No invadáis el mundo
desde las pequeñas primaveras
que vuestro flujo supo cultivar,
antes de reposar llegando al mar,
en aquel lecho salobre,
cuya esencia es similar
al de estas lágrimas que corren.

Revolved mi corazón,
sobre el ardiente fuego
de mis pálidos deseos;
o dejad que vuestros torrentes caigan
sobre aquel diminuto juego
de chispas que en el aire se elevan,
para diluirse luego en el calor de las llamas.
Así como se sacrifican sobre el fuego,
mi amor se sacrifica en lágrimas.

Sin embargo, si la tempestad
de mis suspiros os conmueve,
vosotras también deberéis fluir.
Mientras mi deseo aún quema,
ningún alivio le traeréis a mi pena
con vuestras vanas ansias de ayuda.
¿Por qué la ira permanece impávida
ignorando estas pobres lágrimas,
avivando mis moribundas llamas?

Lágrimas, **Edward Herbert de Cherbury**

Mi corazón oprimido
siente junto a la alborada
el dolor de sus amores
y el sueño de las distancias.
La luz de la aurora lleva
semilleros de nostalgias
y la tristeza sin ojos
de la médula del alma.
La gran tumba de la noche
su negro velo levanta
para ocultar con el día
la inmensa cumbre estrellada.

¡Qué haré yo sobre estos campos
cogiendo nidos y ramas
rodeado de la aurora
y llena de noche el alma!
¡Qué haré si tienes tus ojos
muertos a las luces claras
y no ha de sentir mi carne
el calor de tus miradas!
¿Por qué te perdí por siempre
en aquella tarde clara?
Hoy mi pecho está reseco
como una estrella apagada.

Alba, **Federico García Lorca**

LA TRISTEZA

Antón Chéjov

La capital se encuentra envuelta entre penumbras vespertinas. La nieve cae poco a poco en gruesos copos, girando alrededor de las farolas encendidas, se extiende en capas finas y blandas sobre los tejados, sobre los lomos de los caballos, sobre los hombros de las personas y sobre los sombreros.

El cochero Yona está totalmente blanco. Es como un espectro sentado en el pescante del trineo, con el cuerpo encorvado todo lo que lo puede estar un cuerpo humano, totalmente quieto. Se podría decir que ni un ataúd de nieve que le cayese encima podría sacarlo de su quietud.

Su caballo también está blanco e inmóvil. Por esa inmovilidad, por las rígidas líneas de su cuerpo, por el entumecimiento de sus patas, aunque se mire de cerca parece uno de esos caballos de dulce que por un kopek se les compra a los niños. Está sumido en sus pensamientos. Un hombre o un caballo, lejos de las tareas del campo y en medio del infierno de una gran ciudad, como Yona y su caballo, siempre están entregados a tristes pensamientos. La diferencia entre la apacible vida rústica y la agitada, toda ella ruido y angustia, es demasiado grande en las ciudades repletas de luces.

Hace ya tiempo que Yona y su montura permanecen sin moverse. Han salido a la calle antes de almorzar, pero Yona no ha ganado nada.

Las sombras se espesan. La luz de las farolas se va intensificando, haciéndose más brillante. El ruido aumenta.

—¡Cochero! —oye Yona de repente—. ¡Lléveme a Viborgs-kaya!

Yona se estremece. A través de las pestañas cubiertas de nieve puede ver a un militar con su impermeable.

—¿Me oyes? ¡A Viborgskaya! ¿Estás dormido?

Yona fustiga al caballo con el látigo y este se sacude la nieve del lomo. El militar se sienta en el trineo. El cochero arrea al caballo, estira el cuello cual cisne y chasquea su látigo. El caballo también estira el cuello, despega las patas y, sin prisa, inicia la marcha.

—¡Ten cuidado! —grita otro cochero encolerizado—. ¡Nos vas a atropellar, imbécil! ¡A la derecha!

Se continúan escuchando los juramentos del invisible cochero. Un peatón tropieza con el caballo de Yona y gruñe amenazador. Yona, confuso y avergonzado, descarga varios latigazos sobre el lomo del caballo. Parece algo aturdido, atontado, y mira a su alrededor como si acabase de despertarse de un profundo sueño.

—¡Parece que todos han organizado una conspiración contra ti! —dice el militar con ironía—. Todos intentan molestarte, meterse entre las patas de tu caballo. ¡Una auténtica conspiración!

Yona gira la cabeza y abre la boca. Pretende decir algo, pero sus labios están tan paralizados que no son capaces de pronunciar palabra alguna.

El cliente advierte sus esfuerzos y le pregunta:

—¿Qué hay?

Yona hace un nuevo esfuerzo y contesta con voz tenue:

—Ya ve usted, señor… Acabo de perder a mi hijo… Falleció la semana pasada…

—¿De veras? ¿Y de qué falleció?

—No lo sé. De una enfermedad entre tantas. Estuvo tres meses en un hospital y, al final… Dios así lo quiso.

—¡A la derecha! —se oye de nuevo gritar con furia—. ¡Pareces ciego, estúpido!

—¡A ver! —dice el militar—. Ve algo más deprisa o no llegaremos nunca. ¡Fustiga al caballo!

Yona estira otra vez el cuello como un cisne, se levanta y, torpemente, con pesadez, agita su látigo.

Se gira continuamente hacia su cliente, ansioso por continuar la conversación, pero él ya ha cerrado los ojos y no parece muy dispuesto a escucharle.

Por fin llegan a Viborgskaya. El cochero se detiene ante la casa indicada y el cliente se apea. Yona se vuelve a quedar solo con su caballo. Estaciona ante una taberna y espera, sentado en el pescante, encorvado e inmóvil. La nieve cubre nuevamente su cuerpo, envolviendo caballo y trineo bajo un cendal.

Pasa una hora, dos… ¡Nadie! ¡Ni un solo cliente!

Pero entonces Yona parece estremecerse. Ante él ve cómo se detienen tres jóvenes. Dos de ellos son altos y delgados; el tercero, bajo y con chepa.

—¡Cochero, al puesto de policía! ¡Veinte kopeks por los tres!

Yona toma las riendas y se endereza. Veinte kopeks es demasiado poco, pero acepta. Lo que más le importa es tener clientes.

Los tres jóvenes, entre tropezones y juramentos, se acercan al trineo. Como solo hay dos asientos, discuten mucho tiempo sobre cuál de los tres debe viajar de pie. Al fin deciden que sea el jorobado.

—¡Bien, en marcha! —le grita el jorobado a Yona, situándose a su espalda—. ¡Menudo gorro llevas, muchacho! Apuesto cualquier cosa a que en toda la capital es imposible encontrar un gorro tan feo.

—¡El señor se encuentra de buen humor! —dice Yona con una risa forzada—. Mi gorro…

—¡Bien, bien! Arrea a tu caballo. A este paso no llegaremos nunca. Si no vas más deprisa, te daré algún que otro sopapo.

—Me duele la cabeza —dice uno de los jóvenes—. Vaska y yo nos bebimos ayer cuatro botellas de caña en casa de Dukmasov.

—¡Eso no es cierto! —responde el otro—. Eres un mentiroso, amigo, y sabes que nadie te cree.

—¡Te doy mi palabra de honor!

—¡Oh, tu honor! No pagaría ni un céntimo por él.

Yona, ansioso de entablar conversación, vuelve la cabeza y, enseñando sus dientes, rio con decisión.

—¡Ja, ja, ja!… ¡Qué buen humor!

—¡Vamos, vejestorio! —grita el cheposo, enojado—. ¿Vas más deprisa o no? Dale fuerte al vago de tu caballo. ¡Qué demonios!

Yona agita su látigo, las manos, todo el cuerpo. Pese a todo, estaba contento. No está solo. Le riñen, lo insultan, pero al menos escucha voces humanas. Los jóvenes gritan, juran y hablan de mujeres. En el momento que cree oportuno, Yona se vuelve otra vez hacia los clientes y dice:

—Y yo, señores, acabo de perder a mi hijo. Falleció la semana pasada…

—¡Todos tenemos que morir! —contesta el cheposo—. ¿Pero quieres ir más deprisa? ¡Esto es insoportable! Prefiero ir a pie.

—Si pretendes ir más deprisa, dale un golpe —le aconseja uno de sus camaradas.

—¿Me oyes, viejo tarado? —grita el chepudo—. Te la vas a ganar si continúas así.

Y mientras habla así, le da un puñetazo en la espalda.

—¡Ja, ja, ja! —ríe con desgana Yona—. ¡Dios les conserve su buen humor, señores!

—Cochero, ¿estás casado? —le pregunta uno de sus clientes.

—¿Yo? ¡Ja, ja, ja! ¡Qué tipos más alegres! No, no tengo a nadie. No me espera más que la sepultura. Mi hijo ha fallecido, pero la muerte no me quiere a mí. Ha cometido una equivocación y, en lugar de cargar conmigo, ha cargado con mi hijo.

Y vuelve de nuevo la cabeza para contar cómo había fallecido su hijo, pero en ese momento el cheposo, lanzando un suspiro de satisfacción, exclama:

—¡Por fin hemos llegado!

Yona recibe los veinte kopeks convenidos y los clientes se apean. Los sigue con la mirada hasta que desaparecen en un portal.

Se queda a solas con su caballo. La tristeza embarga de nuevo su corazón fatigado, de la manera más dura y cruel. Observa a la multitud que pasa por la calle, buscando entre millares de transeúntes a alguien que quiera escucharle. Pero la gente parece tener prisa y pasa sin fijarse en él.

Su tristeza se intensifica a medida que pasa el tiempo. Enorme, interminable, inundaría todo el mundo si pudiese salir de su pecho.

Yona ve a un portero que se asoma a la puerta con un paquete y trata de entablar conversación con él.

—¿Qué hora es? —le pregunta, servil.

—Van a ser las diez —contesta el otro—. Aléjese un poco. No se quede delante de la puerta.

Yona avanza un poquito, vuelve a encorvarse y se sume en sus tristes pensamientos. Se convence de que es inútil dirigirse a la gente.

Transcurre otra hora. Se siente mal y decide retirarse. Se yergue y agita su látigo.

—No puedo más —murmura—. Debo ir a acostarme.

El caballo, como si entendiese las palabras de su viejo amo, emprende un repentino trote.

Una hora más tarde Yona está en su casa, es decir, en una enorme y sucia habitación donde, acostados en el suelo o en unos bancos, duermen docenas de cocheros. El ambiente es muy pesado, irrespirable. Resuenan los ronquidos.

Yona se arrepiente de haber vuelto tan pronto. Además, sin ganar casi nada. Tal vez por ello piensa que se sentía tan desgraciado.

En cierto rincón, un joven cochero se incorpora. Se rasca el pecho y la cabeza, buscando algo con la mirada.

—¿Quieres beber algo? —le pregunta Yona.

—Sí.

—Aquí hay agua. He perdido a mi hijo... ¿Sabes? La semana pasada, en un hospital. ¡Menuda desgracia!

Pero sus palabras no producen ningún efecto. El cochero no le hice ni caso. Se vuelve a acostar, se tapa la cabeza con la colcha y, poco después, ronca.

Yona suspira. Siente una imperiosa e irresistible necesidad de contar su desgracia. Ya casi ha pasado una semana desde la muerte de su hijo, pero aún no ha podido hablar de ella con la extensión necesaria para contarla en todos sus detalles. Necesita contar cómo había enfermado su hijo, lo que había sufrido, las palabras que pronunció antes de morir. También le habría gustado contar cómo fue su entierro. Su difunto hijo dejó una niña en la aldea, de la que también pretendía hablar. ¡Tenía tantas cosas que contar! ¡Lo que daría por encontrar a alguien que lo escuchase y que sacudiese la cabeza al compás, suspirando y compadeciéndose!

Lo mejor habría sido contárselo todo a cualquier mujer de su aldea. A las mujeres, aunque sean tontas, les gusta todo eso y, con solo decirles dos palabras, derraman torrentes de lágrimas.

Yona decide ir a ver a su caballo.

Se viste para salir a la cuadra.

El caballo, inmóvil, come heno.

—¿Estás comiendo? —le dice Yona dándole unas palmaditas en el lomo—. ¿Qué le vamos a hacer? Como no hemos ganado lo suficiente para comprar avena debemos contentarnos con heno. Ya soy demasiado viejo para ganar tanto. En realidad, ya no debería seguir trabajando. Mi hijo me hubiese reemplazado. Él sí era un verdadero y soberbio cochero. Conocía bien su oficio. Por desgracia, ha muerto...

Tras una breve pausa, continúa:

—Sí, amigo, ha fallecido... ¿Lo entiendes? Es como si tú tuvieses un potro y se muriese. Como es natural, sufrirías, ¿verdad?

El caballo sigue comiendo su heno, escuchando a su viejo amo y exhalando un cálido y húmedo aliento.

Yona, escuchado al final por un ser vivo, desahogó su corazón para contarlo todo.

EL CANARIO

Katherine Mansfield

¿Ves ese clavo grande que está a la derecha de la puerta de entrada? Aún me apena mirarlo y, con todo, no lo quitaría por nada del mundo. Me gusta pensar que estará siempre allí, incluso después de mi muerte. En ocasiones oigo a los vecinos decir: «Antes debía colgar de allí una jaula». Y eso me consuela porque así me parece que no lo olvidan del todo.

Ni te imaginas cómo cantaba. Su trino no se parecía al de los otros canarios, y esto que te cuento no son figuraciones mías. A menudo solía observar desde la ventana a las personas que se detenían en el portal a escuchar. Se quedaban embobados, apoyados mucho rato en la verja, junto al arbusto de celinda. Tal vez eso te parecerá ridículo, pero no lo pensarías si lo hubieses oído. Para mí era como si trinase canciones enteras que tenían un principio y un fin. Por ejemplo, cuando había terminado por la tarde las faenas domésticas, después de haberme mudado la blusa, me sentaba en el porche a coser. Él se ponía a saltar de una percha a la otra y golpeaba los barrotes para llamar mi atención, beber un poco de agua como hacen los cantantes profesionales, y luego, arrancaba de pronto a cantar de un modo tan extraordinario que tenía que dejar la aguja y escucharlo. No puedo describir su canto y juro que me gustaría poder hacerlo. Todas las tardes ocurría lo mismo, y yo sentía que comprendía cada nota de sus modulaciones.

¡Lo quería! ¡Cómo lo quería! Puede que poco importe en este mundo lo que uno quiere, pero debemos querer algo. Mi casita y el jardín han llenado siempre un vacío, de eso no cabe duda.

Sin embargo, jamás me han bastado. Las flores son muy agradecidas, pero no les interesan nuestras vidas. Hace tiempo amé a la estrella del atardecer. ¿Te parece una bobada? Solía sentarme en el jardín, detrás de la casa, tras la puesta del sol, y aguardaba a que saliese la estrella y brillase sobre las ramas oscuras del árbol del caucho. Entonces le musitaba: «¿Ya estás aquí, mi amor?». En esos momentos parecía brillar únicamente para mí. Era como si lo comprendiese. Algo que es nostalgia y no lo es a un mismo tiempo. O puede que el dolor de lo que uno añora, sí, era este dolor. Pero ¿qué añoraba? Debo agradecer lo mucho que he recibido.

Pero apenas entró en mi vida el canario olvidé a la estrella vespertina. Ya no la necesitaba. Y aquello ocurrió de un modo extraño. Cuando el chino que vendía aves cantoras se detuvo delante de mi puerta y levantó la jaula donde el canario, en lugar de sacudirse como los dorados pinzones, emitió un suave y leve trino, me sorprendí a mí misma diciéndole:

—¿Ya estás aquí, mi amor?

Fue mío desde ese momento.

Aún me asombra que sigo recordando cómo él y yo compartíamos nuestras vidas. En cuanto retiraba por la mañana la funda con la que cubría su jaula, me saludaba con una notita soñolienta. Yo sabía que quería decir: «¡Señora! ¡Señora!». Luego lo colgaba fuera, mientras preparaba el desayuno de mis tres realquilados, y no lo metía hasta que estábamos de nuevo solos en casa. Más tarde, cuando terminaba de fregar los platos, empezaba nuestra verdadera diversión. Colocaba una hoja de periódico en la mesa y, cuando ponía encima la jaula, el canario agitaba las alas con desesperación, como si ignorase lo que iba a suceder. «Eres todo un comediante», le reñía. Frotaba el plato de la jaula, esparcía arena limpia, llenaba de alpiste y de agua los comederos, metía entre los barrotes unas hojas de lechuga y medio pimiento. Estoy convencida de que él lo comprendía y sabía apreciar cada detalle de esta ceremonia. ¿Comprendes? Era de una exquisita pulcritud por naturaleza. Nunca veías manchas en su percha. Solo de ver cómo disfrutaba su baño se comprendía que su punto flaco era la limpieza. Lo último que yo ponía en la jaula era el cuenco en el que se bañaba. Y se metía corriendo dentro. Primero sacudía un ala, luego la otra, después sumergía la cabeza y se remojaba las plumas del pecho. Toda la cocina se salpicaba de gotitas de agua, pero él no quería salir de su baño. Yo solía decirle: «Ya basta. Tú lo que quieres es que te miren». Y finalmente salía del agua dando un salto y, sosteniéndose con una pata, se secaba con el pico. Al terminar se sacudía, batía las alas y ensayaba un gorjeo levantando la cabeza. ¡Oh! No puedo recordarlo. Yo solía limpiar los cuchillos mientras tanto y me parecía que hasta ellos cantaban a medida que lucían.

Me hacía compañía, ¿comprendes? Eso hacía. La más perfecta de las compañías. Si has vivido sola, sabrás lo valioso que puede ser ese. También tenía a mis tres realquilados que venían a cenar y en ocasiones se quedaban en casa leyendo los periódicos. Pero no podía ni imaginar que a ellos les interesasen los detalles de mi vida diaria. ¿Por qué iban a interesarse? Yo no significaba nada para ellos. Lo sé porque una noche, en la escalera, los oí que me llamaban «el adefesio». Da igual. No importa lo más mínimo. Lo comprendo. Ellos son jóvenes. ¿Por qué iba a molestarme? Pero recuerdo que aquella noche me consoló pensar que no estaba del todo sola. En cuanto los chicos salieron, le dije a mi canario: «¿Sabes cómo llaman a tu señora?». Y él ladeó la cabecita y me miró con su brillante ojito de tal forma que no pude menos que reírme. Era como si aquello le hubiese hecho gracia.

¿Has tenido pájaros alguna vez? Si no los has tenido, tal vez todo esto te parezca exagerado. La gente cree que las aves carecen de corazón, que son frías, que no se parecen a los perros y los gatos. Mi lavandera solía decirme los lunes cuando venía: «¿Por qué no tiene un bonito foxterrier? Un canario no consuela ni hace compañía». No es cierto, estoy segura. Recuerdo una noche que había tenido una pesadilla (los sueños pueden ser terriblemente crueles en ocasiones). Como poco después de haber despertado no lograba calmarme, me puse la bata y bajé a la cocina para beber un vaso de agua. Era una noche de invierno y diluviaba. Creo que aún estaba amodorrada. No obstante, tenía la impresión de que la oscuridad me miraba, me espiaba a través de la ventana sin postigos. Entonces sentí que era insoportable no tener a nadie a quien poder decirle: «He tenido un sueño horrible» o «Protégeme de la oscuridad». Estaba tan asustada, que hasta me cubrí un momento la cara con las manos. Luego oí un débil «¡Tui-tui!». La jaula estaba sobre la mesa y la funda que la cubría había resbalado, así que le entraba una rendija de luz. «¡Tui-tui!», llamaba de nuevo mi pequeño y querido compañero, como si dijese con dulzura: «Aquí estoy, señora mía; aquí estoy». Aquello me consoló tanto que casi rompí a llorar.

Pero ahora se ha marchado. Nunca volveré a tener otro pájaro, otro ser querido. ¿Cómo podría? Cuando lo encontré tendido en su jaula, con los ojos mortecinos y las patitas retorcidas, cuando supe que no lo oiría cantar de nuevo, me pareció que algo moría en mí. Sentí un vacío en el corazón, como si fuese la jaula de mi canario. Me resignaré poco a poco, seguramente. Tengo que acostumbrarme. El tiempo todo lo cura y dicen que yo tengo un carácter alegre. Es verdad. Doy gracias a Dios por habérmelo dado.

De todos modos, aunque no soy melancólica y que no suelo dejarme llevar por la añoranza y la pena, sé que hay algo triste en la vida. Es difícil definir qué es. No hablo del dolor que todos conocemos, como la enfermedad, la pobreza y la muerte, no. Es algo distinto. Está en nosotros honda, muy hondamente arraigado. Forma parte de nuestro ser como lo forma nuestra respiración. Aunque trabaje mucho y me agote, basta con que me detenga para saber que me aguarda ahí. A veces me pregunto si todos sienten eso mismo. ¿Quién sabe? Pero ¿no es asombroso que, en su canoro y alegre canto, lo que yo sentía era esa tristeza, ese algo indefinible?

COCO

Guy de Maupassant

En todos los alrededores llamaban «La hacienda» a la finca de los Lucas. Nadie sabría decir el porqué. Sin duda, los campesinos asociaban la palabra «hacienda» a riqueza y grandeza, ya que esta finca era sin duda la más extensa, rica y ordenada de la comarca. El patio, inmenso, rodeado de cinco hileras de magníficos árboles para guarecer del fuerte viento de la llanura a los manzanos compactos y delicados, tenía largos edificios con tejado para guardar el forraje y los cereales, hermosos establos construidos en sílex, cuadras para treinta caballos, y una vivienda de ladrillo rojo que parecía un palacete. El estiércol estaba bien mantenido. Los perros guardianes tenían casetas y entre la hierba crecida pululaba multitud de aves. Siempre a mediodía, quince personas, entre dueños y servidumbre, se sentaban en torno a la larga mesa de la cocina sobre la que humeaba una gran sopera de porcelana con flores azules.

Los animales, caballos, vacas, cerdos y corderos estaban gordos, cuidados y limpios. Lucas, el dueño, era un hombre alto que empezaba a estar metido en carnes, hacía su ronda tres veces al día, controlando todo, pensando en todo.

Mantenían por compasión en el fondo del establo a un viejo caballo blanco que la dueña deseaba cuidar hasta que muriese de forma natural, ya que ella lo había criado, siempre la había acompañado y le traía muchos recuerdos. Un mozo de quince años, llamado Isidore Duval, o simplemente Zidore, se ocupaba de aquel pobre tullido, le daba en invierno su ración de avena y su forraje y, en verano, cuatro veces al día lo trasladaba del sitio donde lo ataban para que siempre tuviese abundante hierba fresca. El animal, casi inválido, levantaba trabajosamente sus pesadas patas, hinchadas a la altura de las rodillas e inflamadas por encima de los cascos. El pelo, que ya no le almohazaban, parecía canoso y las largas pestañas les daban a sus ojos una expresión triste.

Cuando Zidore lo llevaba para que pastase, debía tirar de la cuerda porque el animal caminaba lentamente. El mozo, encorvado, despotricaba contra él mientras jadeaba, enfadado por tener que ser él quien cuidase de aquel viejo jamelgo. Los habitantes de la hacienda, al ver la rabia del muchacho contra Coco, se divertían hablando sin cesar a Zidore del animal para hacerle rabiar aún más. Sus amigos le gastaban bromas. En el pueblo lo llamaban Coco-Zidore.

El chico se encolerizaba y sentía dentro de él unas inmensas ganas de vengarse del caballo. Era un mozo delgado y alto, sucio, de espeso cabello pelirrojo, fuerte y erizado. Parecía poco inteligente, tartamudeaba y hablaba con gran esfuerzo, como si las ideas no pudiesen formarse en su espíritu retrasado de bruto. Hacía tiempo que le sorprendía que conservasen a Coco. Le irritaba ver cómo derrochaban el dinero en aquel animal inútil. Le parecía injusto que lo alimentasen desde el momento en que dejó de trabajar. Consideraba indignante desperdiciar la avena de esa manera, una avena que costaba bastante, para aquel jamelgo paralítico. En ocasiones, pese a las órdenes del amo Lucas, le escatimaba el pienso al animal, echándole únicamente la mitad de la ración, racaneando la paja del lecho y el heno. Y el odio crecía en su confuso espíritu infantil, un odio de campesino avaro, malicioso, brutal y cobarde.

Al llegar el verano, tuvo que ir a trasladar al animal en la finca. Estaba lejos. El mozo, que estaba más furioso cada mañana, caminaba lentamente por los trigales. Los hombres que laboraban las tierras le gritaban en broma: «¡Eh! Zidore, saluda de mi parte a Coco». Él no respondía, pero quebraba una varilla de un seto al pasar y, tras cambiar de sitio al viejo animal, le azotaba los jarretes. El animal trataba de huir, cocear, escapar de los golpes, y giraba en el extremo de la cuerda como si lo hubieran tenido encerrado en una pista. Pero el muchacho lo golpeaba con saña, corriendo detrás, enrabiado, con los dientes apretados por la cólera. Luego se marchaba con paso lento, sin girarse, mientras el caballo contemplaba cómo se iba con su mirada de viejo, con las costillas salientes, sofocado por haber trotado. No bajaba su huesuda y blanquecina cabeza a la hierba hasta ver cómo desaparecía a lo lejos la camisa azul del mozo.

Como las noches ahora eran cálidas, dejaban que Coco durmiese al raso, lejos, al borde de una torrentera, detrás del bosque. Zidore era el único que acudía a verlo. Se divertía arrojándole piedras. Se sentaba a diez pasos de él, en un terraplén. Allí se quedaba una media hora, lanzando de cuando en cuando una piedra afilada al animal, que estaba de pie, encadenado delante de su enemigo, mirándolo continuamente, sin atreverse a pastar mientras él estuviese allí.

Pero una idea continuaba rondando la mente del chico: «¿Para qué alimentar a un animal que no hace ya nada?». Creía que este miserable jamelgo robaba el alimento a los demás, robaba el dinero a los hombres, los bienes al buen Dios e incluso a él, Zidore, que sí trabajaba. Así pues, poco a poco, el mozo fue reduciendo cada día el rodal de pasto que le daba acercando la estaca de madera a la que estaba atada la cuerda. El animal ayunaba, adelgazaba y languidecía. Demasiado débil para romper su atadura, dirigía la cabeza hacia la alta hierba verde y lujuriante, que tan cerca se hallaba, y cuyo olor sentía sin poder alcanzarla.

Una mañana Zidore tuvo la idea de no mover más a Coco. Estaba harto de ir tan lejos para cuidar de aquella osamenta. Sin embargo, fue únicamente para saborear su venganza. El animal lo miraba con inquietud. Aquel día no le pegó. Dio una vuelta a su alrededor con las manos metidas en los bolsillos. Fingió incluso cambiarlo de sitio, pero hincó la estaca en el mismo sitio y se marchó, encantado con su idea. Al verlo marchar, el caballo relinchó para llamarlo. Pero el mozo echó a correr y lo dejó solo, completamente solo en aquel valle, atado y sin una brizna de hierba cerca de su quijada. Hambriento, quiso llegar a la suculenta hierba que rozaba con la punta de sus ollares. Se arrodilló, estirando el cuello y alargando el belfo húmedo de baba. Fue en vano. El pobre animal se agotó durante todo aquel día realizando esfuerzos vanos y terribles. El hambre lo devoraba, un hambre más torturante por la visión de tanto verde alimento que se extendía hasta el horizonte.

El mozo no regresó aquel día. Vagó por los bosques buscando nidos. Reapareció al día siguiente. Agotado, Coco se había tumbado. Pero se levantó al ver a Zidore por si, al fin, lo cambiaba de sitio. Pero el joven campesino ni siquiera tocó la estaca de madera clavada en la hierba. Se acercó, miró a animal, le arrojó un puñado de tierra que se aplastó sobre su pelo blanco y se fue silbando. El caballo se quedó de pie mientras pudo verlo, luego, al comprender que tratar de alcanzar la hierba cercana sería inútil, se tumbó nuevamente sobre un costado y cerró los ojos.

Al día siguiente Zidore no acudió. Un día después, cuando se acercó a Coco, que seguía tumbado, vio que estaba muerto. Entonces se quedó de pie, contemplándolo, contento por su acción, al mismo tiempo sorprendido de que todo hubiese acabado. Lo tocó con el pie, levantó una de las patas y la dejó caer, se sentó encima del animal y allí se quedó, con los ojos fijos en la hierba, sin pensar en nada.

Regresó a la hacienda y no contó nada de lo sucedido, pues quería seguir vagando a la hora en que solía ir a cambiar de lugar al animal. Fue a verlo al día siguiente. Los cuervos levantaron el vuelo al verlo. Un enjambre de moscas se paseaba por el cadáver y zumbaban en torno a él.

Al regresar avisó de lo ocurrido. El animal era ya tan viejo que nadie se extrañó. El amo dijo a dos criados: «Buscad las palas y cavad un hoyo en el sitio donde está». Los hombres enterraron el caballo en el lugar exacto en el que había muerto de inanición. La hierba brotó entonces fuerte, verde y lujuriante, alimentada por el pobre cadáver.

VANKA

Anton Chéjov

Vanka Yúkov, un muchacho de nueve años enviado como aprendiz del zapatero Aliajin tres meses antes, no se acostó la noche de Navidad. Se quedó esperando a que los jefes y los oficiales se fueran a presenciar la misa del gallo, y entonces sacó del armario de su patrón un frasquito de tinta y una pluma que tenía la plumilla enmohecida, puso ante él una hoja arrugada y comenzó a escribir.

Antes de escribir la primera letra, miró hacia la puerta y las ventanas en varias ocasiones con temor, observó un oscuro icono flanqueado de estantes de hormas y se puso a suspirar. El papel se encontraba en un banco y se arrodilló frente a él y escribió:

Mi querido abuelo Konstantín Markárich:
Te escribo esta carta. Te deseo una Feliz Navidad y que Dios nuestro Señor te conceda todo lo mejor. Yo ya no tengo padre ni madre y solo me quedas tú.

Vanka dirigió la mirada hacia la oscura ventana en la que se estaba reflejando la sombra oscilante de su vela y vivamente se imaginó a su abuelo Konstantín Markárich, que trabajaba como guarda nocturno en la casa de los señores Yiraviov. Se trataba de un anciano de unos sesenta y cinco años, pequeñito y enjuto, pero extremadamente ágil y vivo, con el rostro siempre sonriente y ojos de borrachín. Por el día dormía en la cocina de servicio o bromeaba con las cocineras, y por la noche, cubierto con una chaqueta ancha, recorría la hacienda dando golpes con su garrote. Con la cabeza gacha, iba tras él la vieja perra Kashtanka y Viún, un joven perro al que llamaron así por su color negro y por su alargado cuerpo, como si fuese una comadreja. Viún era muy cariñoso e infundía un gran respeto. Miraba con idéntica ternura a propios y extraños, pero no infundía ninguna confianza. Bajo un aspecto respetable y pacífico se escondía la maldad más jesuita. Nadie acechaba mejor que él, mordía las piernas y entraba en la alacena o robaba gallinas a los mujiks.[1] Varias veces le habían lastimado las patas traseras y casi lo ahorcaron en dos ocasiones. Lo apaleaban cada semana hasta dejarlo medio muerto, pero sobrevivía siempre.

Seguro que el abuelo se encuentra ahora junto al portón, y que mira con sus ojos entornados las brillantes y rojas luces de la iglesia de la aldea sacudiendo el suelo con sus botas de fieltro. Lleva el garrote atado a su cinturón. Mueve las manos, se encoge de frío y con su risa de anciano pellizca a la doncella y a la cocinera.

—¿Queréis oler el tabaco? —dice, ofreciendo a las mujeres su tabaquera.

Las mujeres aspiran y estornudan. El abuelo se exalta, ríe a carcajadas y grita:

—¡Quítatelo! ¡Se te ha pegado!

Dan el tabaco a oler a los perros. Kashtanka estornuda, mueve su hocico y, algo humillada, se hace a un lado. Por respeto, Viún no estornuda y mueve el rabo. Hace un tiempo estupendo. El aire es suave, cristalino y fresco. La noche es oscura, pero se puede ver toda la aldea con sus blancos tejados y las columnas de humo que surgen de las chimeneas, los árboles plateados de escarcha y los montoncitos de nieve. El cielo está todo tachonado de estrellas que centellean alegremente y la Vía Láctea se

---

[1] Campesinos rusos.

divisa con tanta claridad como si la hubiesen lavado y frotado con nieve para las fiestas…

Ayer me dieron una paliza. El amo me agarró de los pelos, me arrastró hasta el patio y me golpeó con la correa porque me quedé dormido en un descuido meciendo la cuna de su bebé. La dueña me ordenó la semana pasada limpiar un arenque. Empecé por la cola y ella lo cogió y me dio en los morros con la cabeza del arenque. Los oficiales se ríen de mí, me mandan por vodka a la taberna y me obligan a que robe pepinos a los amos. El amo me pega con lo primero que se le ocurre. Y de comida, nada de nada. Me dan pan por la mañana, gachas en el almuerzo y pan también en la cena. Los amos se toman el té y la sopa. Me obliga a dormir en el zaguán, pero cuando el bebé llora, no duermo y mezo la cuna. Querido abuelo, sé misericordioso y llévame a casa, a la aldea, ya no aguanto más… Me pongo a tus pies y rezaré por ti eternamente, sácame de aquí o moriré…

Vanka gesticuló con la boca, se secó los ojos con su negro puño, y sollozó.

Te picaré el tabaco —prosiguió—, le rezaré a Dios y, si ocurre algo, azótame con todas tus fuerzas. Y si crees que no soy capaz de ocuparme de nada, por Cristo que le pediré al mayoral que me escoja como limpiabotas, o iré de zagal en el lugar de Fedka. Mi querido abuelo, aquí nada es posible, tan solo la muerte. Me gustaría ir andando a la aldea, pero no tengo botas y las heladas me horrorizan. Te daré de comer cuando sea mayor y no permitiré que nadie te haga daño, y cuando mueras, rezaré por el descanso de tu alma, igual que por la de Pelagueya, mi madre.

Moscú es una gran ciudad. Sus casas son todas de señores y hay muchos caballos, pero carecen de ovejas y los perros no son malos. Los niños no cantan villancicos y no permiten cantar a nadie en el coro. Cierta vez, en el escaparate de una tienda, vi que ven-

dían anzuelos con sedal para todo tipo de peces, muy caros. Hasta había un anzuelo que valía para un pez de más de un pud.[2] Y he visto tiendas con escopetas como las que llevan los señores, que cuestan más de cien rublos. Y en las carnicerías tienen urogallos, ortegas y liebres, pero los tenderos no te dicen dónde las cazan.

Mi querido abuelo, cuando los amos pongan su árbol de Navidad lleno de dulces y golosinas, cógeme una nuez dorada y guárdamela en el baúl verde. Pídesela a la señorita Olga Ignátievna y dile que es para Vanka.

Vanka suspiró profundamente y miró de nuevo a la ventana. Recordó que el abuelo siempre iba al bosque para talar un árbol de Navidad, llevándose a su nieto. ¡Qué época tan feliz! El abuelo se aclaraba la garganta, el hielo crujía y Vanka los observaba y carraspeaba. Antes de talar el abeto, el abuelo encendía su pipa y olía el tabaco durante un buen rato, riéndose de Vanka, que tiritaba. Los jóvenes abetos, cubiertos de escarcha, se mantienen inmóviles esperando a cuál de ellos le toca morir. De repente, una liebre cruza los montoncitos de nieve como una flecha... y el abuelo no puede parar de gritar.

—¡Cógela, cógela, cógela...! ¡Maldita liebre!

El abuelo llevaba a la casa de los señores el abeto cortado y allí se disponían a adornarlo... La señorita Olga Ignátievna, la preferida de Vanka, era la que ponía más empeño. Cuando Pelagueya, la madre de Vanka, aún vivía, y trabajaba de sirvienta en la casa de los señores, Olga Ignátievna le ofrecía caramelos a Vanka y, como no tenía nada que hacer, le enseñó a leer, a escribir, a contar hasta cien, y hasta a bailar una cuadrilla. Cuando murió Pelagueya, llevaron al huérfano de Vanka a la cocina del servicio, con el abuelo, y de esa cocina a Moscú, a la casa de Aliajin, el zapatero.

---

[2] Antigua unidad de medida rusa equivalente a 16,38 kg.

Mi querido abuelo, ven —continuó Vanka—, *te lo pido por amor de Dios, sácame de aquí. Apiádate de este pobre huérfano. Me pega todo el mundo, paso mucha hambre, ni te imaginas cuánto me aburro y no dejo de llorar. Hace pocos días el amo me dio un golpe en la cabeza con una de las hormas, tan fuerte que me caí y me costó bastante levantarme. Mi vida es un asco, peor que la de un perro. Saluda también a Aliona, al tuerto Yegorka y al cochero, y no le des mi acordeón a nadie. Se despide tu nieto Iván Yúkov. Ven, querido abuelo.*

Vanka dobló la hoja escrita en cuatro partes para meterla en un sobre que había comprado la víspera con un kopek. Tras pensar un rato, mojó la pluma para escribir la dirección:

A la aldea de mi abuelo.

Después se frotó la cabeza, pensó otro rato y añadió:

Para Konstantin Makárich.

Satisfecho de que no le hubiesen molestado mientras escribía, se puso su gorro y, sin ponerse la chaqueta por encima, salió en mangas de camisa a la calle.

Los dependientes de la carnicería, a los que preguntó el día anterior, le indicaron que las cartas se suelen echar en los buzones de correos, y que desde esos buzones las reparten por todo el mundo en unas troikas de correos conducidas por cocheros borrachos y con unos cascabeles que sonaban. Vanka se apresuró hasta el primer buzón de correos y metió por su ranura la valiosa carta.

Movido por dulces esperanzas, se durmió profundamente una hora después.

Soñó con una estufa. Sobre ella estaba sentado el abuelo, descalzo, con sus piernas colgando y leyendo la carta a las cocineras. Junto a la estufa, Viún movía el rabo.

BARTLEBY

Herman Melville

Soy un hombre de cierta edad. Durante los últimos treinta años, mis actividades me han permitido entrar en estrecho contacto con un gremio interesante e incluso único del que, según tengo entendido, todavía no se ha escrito nada: el de los amanuenses o copistas de judiciales. Conocí a muchos profesionalmente y, sobre todo, pude contar diferentes historias que harían sonreír a caballeros benévolos y hacer llorar a las almas sentimentales. Pero de las biografías de todos los amanuenses, prefiero algunos episodios de la vida de Bartleby, que es uno de ellos, el más extraño que he visto u oído en mi vida. Podría escribir biografías completas de otros copistas, pero nada de eso se puede hacer con Bartleby. No hay suficiente material para una biografía completa y satisfactoria de este hombre. Es una pérdida irreparable para la literatura. Bartleby era uno de esos seres de quien no se puede indagar, salvo en las fuentes originales. Poco en este caso. No sé nada de Bartleby excepto lo que mis ojos asombrados vieron por un rumor borroso que saldrá en el epílogo.

Antes de presentar al amanuense tal como lo vi por primera vez, necesito registrar cierta información sobre mí, mis empleados, mis asuntos, mi despacho y mi entorno en general. Esta descripción es importante para comprender bien al protagonista de mi historia. En primer lugar, soy un hombre que ha sentido desde muy joven que la vida más fácil es la mejor. Por eso, aunque ejerzo una profesión que es proverbialmente enérgica y, a veces, nerviosa ante las turbulencias, nunca he tolerado que

tales preocupaciones perturben mi paz. Soy uno de esos abogados ambiciosos que nunca hablan ante un jurado ni piden aplau-
sos públicos de ninguna manera. En la tranquilidad de una jubi-
lación cómoda, llevo a cabo cómodos asuntos entre las hipote-
cas de los ricos, títulos de renta y acciones. Quienes me conocen
piensan que soy un hombre muy confiado. El difunto John Jacob
Astor, un personaje con muy poco entusiasmo poético, no dudó
en explicar que mi primera virtud era la prudencia y la segunda,
el método.

No lo digo por vanidad, pero reconozco que mis servicios
profesionales no eran despreciados por el difunto John Jacob
Astor. Es un nombre que, me gustaría admitir, repito con gusto
porque tiene un sonido circular y suena como oro acuñado.
Añado espontáneamente que no fui insensible a la buena opinión del difunto John Jacob Astor. Justo antes de la historia que
voy a contar, mis actividades habían aumentado considerablemente. Había sido nombrado para el puesto ahora suprimido en
el estado de Nueva York de agregado del Tribunal Superior. No
era un trabajo duro, pero sí muy gratificante. Rara vez me encojo
y rara vez me permito una indignación peligrosa ante las injus-
ticias y los abusos. Sin embargo, ahora me permitiré ser impru-
dente y declararé que considero la repentina y violenta supre-
sión del puesto de agregado, por la Nueva Constitución, como
un acto precipitado. Se daba por sentado que yo debía hacer de
sus emolumentos una pensión vitalicia y solo me beneficié de
ellos unos pocos años. Pero esto es aparte.

Mi despacho estaba en un piso del número X de Wall Street.
Por un lado daba a la pared encalada de un espacioso patio de
luces cubierto con una claraboya que prestaba servicio todos los
pisos.

Este espectáculo era bastante insulso porque carecía de lo que
los diseñadores de paisajes llaman animación. Incluso si ese
fuese el caso, mirar al otro lado proporcionaba al menos un contraste. En esa otra dirección, sin el menor obstáculo, las ventanas

dominaban un alto muro de ladrillos, ennegrecido por los años y la sombra. Las bellezas ocultas de esta pared no necesitaban un telescopio, pues estaban a solo unos metros de mis ventanas para beneficio de los espectadores miopes. Mi despacho estaba en el segundo piso. La gran altura de los edificios vecinos significaba que el espacio entre esta pared y la mía se parecía a un tanque cuadrado gigante.

Antes de la llegada de Bartleby, tenía dos escribientes a mis órdenes y un chico muy animado para hacer recados. El primer, Turkey; el segundo, Nippers; el tercero, Ginger. Son nombres que no son fáciles de encontrar en las guías. En realidad, son apodos que mis empleados se dieron unos a otros y que expresaban sus respectivas personas o personajes. Turkey era un inglés pequeño y obeso, de mi edad, o sea, no muy lejos de los sesenta. Podría decirse que por la mañana su rostro estaba sonrosado, pero después del mediodía, tras su pausa para almorzar, brillaba como un quemador de carbón navideño y continuaba haciéndolo (aunque con un descenso gradual) hasta las seis de la tarde. entonces ya no veía al dueño de aquella cara porque, coincidiendo con el sol en su cenit, parecía ponerse con él para salir y caer al día siguiente con idénticas regularidad y gloria.

En el transcurso de mi vida he observado curiosas coincidencias, de las cuales la menor no es que el momento exacto en que Turkey, con su cara rubicunda y radiante, emitía sus rayos más intensos, indicaba el inicio del período durante el cual su capacidad para trabajar se veía gravemente comprometida para el resto de la jornada. No digo que se volviese un completo gandul u hostil al trabajo. Al contrario, se volvía enérgico en exceso. Entonces desarrollaba una exagerada, frenética, irreflexiva y disparatada actividad. No miraba al mojar la pluma en el tintero. Todas las manchas de mis documentos fueron obra suya después de las doce del mediodía. Por las tardes, no solo tendía a echar borrones, sino que en ocasiones iba más lejos y se ponía alborotador. En semejantes ocasiones, su rostro ardía con más fuego, como si añadiesen carbón de piedra a la antracita. Hacía un ruido desagradable con la silla y desparramaba el secante. Al afilar las plumas, las rajaba con impaciencia y las arrojaba al suelo en arranques repentinos de ira. Se detenía, se echaba sobre la mesa, esparciendo sus papeles de la manera más indecorosa. Era un espectáculo penoso en un hombre ya entrado en años. Pero como era por muchos motivos mi mejor empleado y antes de las doce siempre era el ser más juicioso y diligente, capaz de despachar varias tareas de un modo impecable, me resignaba a dejar de lado sus excentricidades, aunque a veces debía reprenderlo. Pero lo hacía con suavidad. Y es que Turkey era el más cortés, dócil y reverencial de los hombres por la mañana, pero por las tardes, a la menor provocación, estaba predispuesto a ser de lengua viperina, esto es, insolente. Por eso, al valorar sus servicios matinales, como lo hacía, y decidido a no perderlos —y también incómodo por sus provocadoras maneras después del mediodía— y como hombre pacífico que no quería que mis reprimendas provocasen respuestas impropias, un sábado a mediodía (siempre estaba peor los sábados) decidí sugerirle, muy amablemente que, ahora que empezaba a envejecer, posiblemente sería prudente acortar sus tareas. En pocas palabras, que solo tenía que venir a trabajar por la mañana. Después del almuerzo era mejor que se retirase a descansar a su casa hasta la hora de la merienda. Sin embargo, insistió en cumplir sus deberes vespertinos. Su rostro se puso insoportablemente fogoso y, haciendo aspavientos con una larga regla en un rincón de la habitación, insistió en que si sus servicios eran útiles de mañana, ¿cuánto más lo serían por la tarde?

—Con el debido respeto, señor —dijo Turkey—, me considero su mano derecha. Por las mañanas ordeno y despliego mis columnas, pero por tarde me pongo a la cabeza, y arremeto con valor contra el enemigo así —y lanzó una violenta embestida con la regla.

—¿Y los borrones? —le insinué.

—Es verdad, pero con el debido respeto, señor, ¡míreme el cabello! Estoy haciéndome viejo. Seguramente un borrón o dos en una tarde calurosa no pueden reprocharse con severidad a mis canas, señor. Aunque emborrone una página, la edad es honorable. Con su permiso, señor, los dos estamos envejeciendo.

Esta apelación a mis sentimientos personales fue irresistible. Comprendí que estaba decidido a no irse. Hice mi composición de lugar y decidí que por las tardes solo le confiaría documentos de menor importancia.

Nippers, el segundo de mis empleados, era un joven de unos veinticinco años, cetrino, melenudo, algo pirata. Siempre lo creí víctima de dos poderes malignos: la ambición y la dispepsia. Cierta impaciencia en sus deberes de simple copista y una injustificada usurpación de asuntos rigurosamente profesionales, tales como la redacción original de documentos legales, eran la prueba de lo primero. La dispepsia se manifestaba en oleadas de sarcástico malhumor, con un fuerte rechinamiento de dientes cuando cometía errores al copiar, maldiciones innecesarias, más silbadas que habladas, en lo mejor de sus tareas, y sobre todo su continuo disgusto con la altura de la mesa en la que trabajaba. Pese a su ingeniosa aptitud mecánica, Nippers jamás pudo arreglar esa mesa a su gusto. Colocaba astillas debajo, distintos cubos, trozos de cartón y llegó a probar un cuidadoso ajuste con tiras de papel secante doblado. Pero todo era inútil. Si levantaba la tapa de su mesa en un ángulo agudo hacia el mentón para comodidad de su espalda y escribía como un hombre que utilizase el empinado tejado de una casa holandesa como escritorio, la sangre le circulaba mal en los brazos. Si bajaba la mesa al nivel de su cintura y se agachaba sobre ella para escribir, le dolía la espalda. Lo cierto es que Nippers no sabía lo que quería. O bien, si quería algo, era librarse para siempre de una mesa de copista. Entre las expresiones de su ambición enfermiza, adoraba recibir a tipos de aspecto ambiguo y trajes astrosos a quienes llamaba sus clientes. Comprendí que le interesaba la política parroquial, que en ocasiones hacía sus chanchullos en los juzgados y no era desconocido en las antesalas de la cárcel. Tengo motivos para creer, con todo, que un hombre que lo visitaba en mis oficinas, a quien insistía en llamar pomposamente «mi cliente», era un simple acreedor, y la escritura, una cuenta. Pero con todos sus fallos y las molestias que me causaba, Nippers (como su compatriota Turkey) era muy útil, escribía rápidamente y con letra clara. Además, cuando lo deseaba, no le faltaban modales distinguidos. Además, siempre vestía como un caballero, lo cual daba tono a mi despacho. En cuanto a Turkey, me costaba mucho evitar el descrédito que reflejaba sobre mí. Sus trajes parecían grasientos y apestaban a comida. En verano usaba pantalones grandes y huecos. Sus trajes eran execrables. El sombrero era intocable. Aunque sus sombreros me daban lo mismo, ya que su cortesía y deferencia innatas, como inglés subalterno, le hacían a quitárselo en cuanto entraba en el despacho. Su traje era harina de otro costal. Hablé en vano con él sobre su ropa. Supongo que lo cierto es que un hombre con una renta tan exigua no podía tener al mismo tiempo un semblante y una ropa brillantes.

Como observó Nippers en cierta ocasión, Turkey gastaba casi todo en tinta roja. Un día de invierno le regalé a Turkey un gabán mío de aspecto muy decoroso. Era gris, acolchado, muy abrigado, abotonado del cuello a las rodillas. Pensé que Turkey apreciaría el regalo y moderaría sus estrépitos e imprudencias. Pero en cambio creo que enfundarse un gabán tan suave y acolchado ejercía un nocivo efecto sobre él —según el principio de que demasiada avena es mala para los caballos—. Igual que un caballo impaciente muestra la avena que ha comido, Turkey mostraba su gabán. Lo volvía insolente. Era un hombre a quien sentaba mal la prosperidad.

Aunque en cuanto a la continencia de Turkey albergaba yo mis sospechas, en cuanto a Nippers estaba convencido de que, fueran cuales fuesen sus faltas en otros aspectos, al menos era un joven sobrio. Pero la naturaleza era su tabernero y desde que nació le había servido un carácter tan irritable y alcohólico que cualquier bebida posterior le sobraba. Cuando pienso que en la calma de mi despacho Nippers se ponía en pie, se inclinaba sobre la mesa, estiraba los brazos, levantaba todo el escritorio, lo movía y lo sacudía marcando el suelo, como si aquel mueble fuese un malvado ser voluntarioso dedicado a humillarlo y frustrarlo, comprendo sin lugar a duda que para Nippers el alcohol era superfluo. Era una suerte para mí que, debido a su principal causa —la dispepsia—, la irritabilidad y el consiguiente nerviosismo de Nippers eran más notorios por las mañanas y que por las tardes estaba relativamente tranquilo. Como los paroxismos de Turkey solo se manifestaban después de mediodía, nunca tuve que padecer a la vez las excentricidades de ambos. Los ataques se hacían el relevo como guardias. Cuando el de Nippers estaba de turno, el de Turkey libraba, y viceversa. En aquellas circunstancias era un buen arreglo.

Ginger Nut, el tercero de mi lista, era un chico de unos doce años. Su padre era cochero y ambicionaba ver a su hijo algún día en los tribunales y no en el pescante. Por eso lo colocó en mi despacho como pasante, recadero, para barrer y limpiar por un dólar a la semana. Tenía su propio escritorio, pero no lo usaba mucho. En cierta ocasión pasé revista a su cajón. Guardaba cáscaras de muchas clases de nueces. Para este sagaz estudiante, toda la noble ciencia del derecho cabía en una cáscara de nuez. Entre sus diversas tareas, la que desempeñaba con mayor presteza era proveer de manzanas y de pasteles a Turkey y a Nippers.

Como copiar expedientes es una tarea proverbialmente árida, mis dos amanuenses solían humedecerse la garganta con helados de los que se compran en los puestos cerca de Correos y de Aduanas. También solían encargar a Ginger Nut esa galleta pequeña, plana, redonda y especiada con cuyo nombre lo apodaban.[3] En las mañanas frías, cuando había poco que hacer, Turkey se las tragaba por docenas, como si fuesen obleas —la

---

[3] Se refiere a las galletas de jengibre.

verdad es que te dan seis u ocho por un centavo—, y el rasgueo de la pluma se unía al ruido que hacía al triturar las partículas de galleta. Entre las confusiones vespertinas y los fogosos aturdimientos de Turkey, una vez humedeció con la lengua una galleta de jengibre y la estampó como si fuese un sello en un título hipotecario. Estuve a punto de despedirlo entonces, pero me desarmó con una reverencia oriental, diciéndome:

—Con su permiso, señor, creo que he sido generoso poniendo un sello a mis expensas.

Mis primeras tareas de escribano de transmisiones, buscador de títulos y redactor de documentos ocultos de toda clase aumentaron considerablemente al ser nombrado agregado al Tribunal Superior. Ahora había mucha faena para la que no bastaban mis escribientes, así que contraté un nuevo empleado.

En respuesta a mi anuncio, apareció una mañana en mi oficina un joven anodino. La puerta estaba abierta, pues era verano. Veo de nuevo esa figura: ¡pálidamente pulcra, tristemente decente, incurablemente acongojada! Era Bartleby.

Tras unas palabras sobre su idoneidad, lo contraté, feliz de contar entre mis copistas a un hombre de aspecto tan comedido, que podría influir benéficamente en el apasionado carácter de Turkey y en el fogoso Nippers.

Debería haber dicho que mi despacho estaba dividido en dos por una puerta vidriera. Una parte la ocupaban mis amanuenses y la otra, yo. Según mi humor, las puertas estaban abiertas o cerradas. Decidí colocar a Bartleby en un rincón junto a la puerta, pero hacia mi lado, para tener a mano a aquel hombre apacible para cualquier tarea insignificante. Puse su escritorio junto a una ventanita, en el lado de la habitación que originariamente daba a unos patios traseros y a muros de ladrillos, pero que ahora, debido a construcciones posteriores, aunque recibía alguna luz no tenía vistas. A un metro de los cristales había una pared y la luz bajaba desde muy arriba, entre dos altos edificios, como desde una pequeña abertura practicada una cúpula.

Para que la disposición fuese satisfactoria, me hice con un alto biombo verde que ocultase completamente a Bartleby de mi vista, dejándolo, en cambio, al alcance de mi voz. De este modo se unían sociedad y retiro.

Bartleby escribió extraordinariamente al principio. Como si hubiese sufrido un ayuno de algo que copiar, parecía saciarse con mis documentos. No se detenía para digerirlos. Trabajaba día y noche, copiando a la luz natural y a la de las velas. Encantado con su dedicación, me habría encantado más incluso si hubiese sido un trabajador alegre. Pero escribía silenciosa, pálida y mecánicamente.

Una de las tareas obligadas del escribiente es la de comprobar la fidelidad de la copia, palabra por palabra. Cuando en una oficina hay dos o más amanuenses, se ayudan mutuamente con este examen. Uno lee la copia y el otro sigue el original. Es una labor cansina, sosa y letárgica. Comprendo que para los caracteres sanguíneos sería intolerable. Por ejemplo, no imagino al ardoroso Byron, sentado junto a Bartleby, resignado a cotejar un expediente de quinientas páginas, escritas con letra apretada.

Yo mismo ayudaba a comparar algún documento breve, llamando a Turkey o a Nippers para ello. Uno de mis fines al tener a Bartleby tan a mano, detrás del biombo, era aprovechar sus servicios en aquellas ocasiones. Al tercer día de haber sido contratado, antes de que fuese necesario examinar lo escrito por él, la prisa por terminar un trabajo que estaba haciendo, me hizo llamar súbitamente a Bartleby. Con las prisas y la justificada expectativa de ser obedecido de inmediato, estaba yo en el escritorio con la cabeza inclinada sobre el original y la copia en la mano derecha nerviosamente extendida, de modo que, al surgir desde su sitio, Bartleby pudiese agarrarla y seguir el trabajo sin demora.

Así estaba yo cuando le dije lo que debía hacer, es decir, examinar un breve escrito conmigo. Figúrense mi sorpresa y consternación, cuando sin moverse de su ángulo, Bartleby repuso con voz singularmente suave y firme:

—Preferiría no hacerlo.

Me quedé un rato callado, reordenando mis atónitas facultades. Primero, pensé que me engañaban mis oídos o que Bartleby no me había entendido. Repetí la orden con la mayor claridad posible y con claridad se repitió la respuesta:

—Preferiría no hacerlo.

—Preferiría no hacerlo —repetí como un eco, poniéndome de pie, nervioso y cruzando la estancia a zancadas—. ¿Qué quiere decir eso? Está loco. Necesito que me ayude a cotejar esta página. Tómela —y se la di.

—Preferiría no hacerlo —repitió.

Lo miré atentamente. Su rostro estaba sereno y sus ojos grises, vagamente tranquilos. Ni un rasgo reflejaba agitación. Si hubiese habido en su actitud alguna incomodidad, irritación, impaciencia o impertinencia, si hubiese habido cualquier manifestación normalmente humana, lo habría despedido con cajas destempladas. Pero, en aquellas circunstancias, habría sido como echar a la calle a mi pálido busto de escayola de Cicerón.

Lo contemplé rato largo mientras él seguía escribiendo y volví a mi escritorio. «Esto es muy raro —pensé—. ¿Qué hacer?». Mis asuntos urgían. Decidí olvidarlo y dejarlo para algún momento libre en el futuro. Llamé a Nippers y pronto examinamos el escrito.

Pocos días después, Bartleby terminó cuatro documentos largos, copias cuadruplicadas de testimonios, otorgados ante mí durante una semana en la sala del tribunal. Era preciso examinarlos. El pleito era importante y era indispensable una gran precisión. Con todo ya listo llamé a Turkey, Nippers y Ginger Nut, que estaban en la otra estancia, pensando poder entregar a mis cuatro amanuenses las cuatro copias mientras yo leía el original. Turkey, Nippers y Ginger Nut estaban sentados en fila, cada uno con su copia en la mano cuando le dije a Bartleby que se uniese al grupo.

—¡Bartleby! Vamos, estoy esperando.

Oí que arrastraba su silla sobre el suelo desnudo y no tardó en aparecer a la entrada de su ermita.

—¿En qué puedo ayudar? —dijo apaciblemente.

—Las copias, las copias —dije con prisa—. Vamos a examinarlas. Tenga —y le di la cuarta copia.

—Preferiría no hacerlo —dijo y desapareció dócilmente detrás de su biombo.

Por unos momentos me convertí en una estatua de sal encabezando mi columna de amanuenses sentados. Vuelto en mí, fui hacia el biombo a indagar el motivo de aquella rara conducta.

—¿Por qué se niega?

—Preferiría no hacerlo.

Con cualquier otro habría tenido un arranque de ira, desdeñando explicaciones, y lo hubiese echado de mi vista. Pero algo en Bartleby no solo me desarmaba singularmente, sino que asombrosamente me conmovía y desconcertaba. Me puse a razonar con él.

—Son sus propias copias las que vamos a cotejar. Esto le ahorrará trabajo, pues un solo examen bastará para las cuatro. Es la costumbre. Todos los copistas deben examinar su copia. ¿Verdad? ¿No quiere hablar? ¡Conteste!

—Prefiero no hacerlo —repuso melodiosamente.

Creí que mientras le hablaba, consideraba cuidadosamente cada aserto mío; que comprendía el significado; que no podía contradecir la irresistible conclusión; pero que una suprema consideración lo empujaba a contestar así.

—¿Entonces está decidido a no acceder a mi solicitud hecha según la costumbre y el sentido común?

Me dio a entender lacónicamente que en ese punto mi juicio era exacto. Sí; su decisión era inapelable.

Es habitual que aquel a quien contradicen insólita e irrazonablemente, de pronto dude de su convicción fundamental. Empieza a entrever que, por raro que parezca, toda la justicia y toda la razón están del otro lado. Si hay testigos imparciales, recurre a ellos para que lo refuercen de algún modo.

—Turkey —dije—, ¿qué opina? ¿Tengo razón?

—Con el debido respeto, señor —dijo Turkey en su tono más suave—, creo que la tiene.

—Nippers. ¿Qué opina usted?

—Yo lo echaría a patadas de la oficina.

El sagaz lector habrá notado que al ser por la mañana, la contestación de Turkey estaba formulada en términos tranquilos y corteses y la de Nippers era hosca. O repitiendo una frase anterior, diremos que el malhumor de Nippers estaba de guardia y el de Turkey estaba librando.

—Ginger Nut —dije, querido obtener a mi favor el menor de los votos—, ¿qué opinas?

—Señor, creo que está chalado —repuso Ginger Nut con una mueca burlona.

—Ya oye lo que opinan —dije mirando al biombo—. Salga y cumpla con su deber.

No se dignó contestar. Tuve un momento de irritada perplejidad. Pero las tareas urgían. Y decidí una vez más aplazar el estudio de este problema a futuros ocios. Con cierta incomodidad examinamos los papeles sin Bartleby, aunque a cada página, Turkey daba su opinión obsequiosamente de que aquel proceder no era correcto. Entretanto, Nippers, retorciéndose en su silla con un nerviosismo estomacal, trituraba entre sus dientes apretados, maldiciones intermitentes que siseaba contra el estúpido terco de detrás del biombo. En cuanto a él, esta era la primera y última vez que haría sin cobrar la tarea de otro.

Entretanto, Bartleby seguía en su ermita, ajeno a lo que no fuese su propia tarea.

Pasaron unos días, en los que el amanuense tuvo que realizar otra larga tarea. Su conducta extraordinaria me hizo vigilarlo de cerca. Observé que nunca iba a almorzar. En realidad, nunca iba a ningún sitio. Que yo supiese, nunca se había ausentado de la oficina. Era un centinela perpetuo en su rincón. Vi que a las once de la mañana, Ginger Nut iba hasta la abertura del biombo, como llamado por una señal silenciosa e invisible para mí. Luego salía de la oficina, haciendo tintinear unas monedas y aparecía de nuevo con un puñado de galletas de jengibre, que dejaba en la ermita a cambio de dos como jornal.

«Se alimenta de galletas de jengibre —pensé—; jamás toma llama un almuerzo. Debe ser vegetariano. Pero no, ya que no toma legumbres. Únicamente come galletas de jengibre». Medité sobre los posibles efectos de un régimen solo a base de galletas de jengibre. Se llaman así, porque el jengibre es uno de sus principales ingredientes y su principal sabor. Pero ¿qué es el jengibre? Algo cálido y picante. ¿Era Bartleby cálido y picante? En absoluto. El jengibre no ejercía ningún efecto sobre Bartleby. Probablemente, él prefería que no lo hiciese.

Nada irrita más a alguien serio que una resistencia pasiva. Si el resistido no es inhumano y el resistente es inofensivo en su pasividad, el primer individuo, en sus mejores momentos, tratará por caridad que su imaginación interprete lo que su juicio no es capaz de resolver.

Eso me pasó con Bartleby y sus manejos. «¡Pobre hombre! —pensé—, no lo hace por maldad. Sin duda no actúa así por insolencia. Su aspecto prueba lo involuntario de sus rarezas. Me es útil. Puedo llevarme bien con él. Si lo despido, terminará con un jefe menos indulgente que lo maltrate y puede que llegue miserablemente a morirse de hambre. Sí, puedo tener por muy poco precio la agradable sensación de cuidar de Bartleby. Puedo adaptarme a su extraña testarudez. Me costará poco o nada y, entretanto, atesoraré en el fondo de mi alma lo que será al final un dulce bocado para mi conciencia». Pero no siempre vi las cosas de este modo. La pasividad de Bartleby me exasperaba. Sentía ganas de chocar de nuevo con él, de despertar en él una chispa de rabia como la mía. Pero habría sido como tratar de encender fuego golpeando con los nudillos de mi mano un pedazo de jabón Windsor.[4]

Una tarde, me pudo el impulso maligno y tuvo lugar la siguiente escena:

—Bartleby, cuando haya copiado todos esos documentos, los revisaré con usted —dije.

—Preferiría no hacerlo.

—¿Cómo? ¿Va a persistir en ese capricho de mula?

Silencio.

Abrí la puerta vidriera y, dirigiéndome a Turkey y a Nippers, exclamé:

—Bartleby dice por segunda vez que no examinará sus documentos. ¿Qué opina, Turkey?

Debe recordarse que era por la tarde.

Turkey brillaba como una marmita de bronce. Tenía la calva sudorosa. Tamborileaba con las manos sobre sus papeles emborronados.

—¿Que qué opino? —rugió Turkey—. ¡Opino que voy a meterme en el biombo y voy a ponerle un ojo a la funerala!

Con estas palabras se puso en pie y estiró los brazos como un púgil. Se disponía a cumplir su promesa cuando lo detuve, arrepentido de haber despertado la belicosidad de Turkey después de comer.

—Siéntese, Turkey, y escuche lo que va a decir Nippers —le ordené—. ¿Qué opina, Nippers? ¿No estaría justificado despedir ahora mismo a Bartleby?

---

[4] Jabón que se hizo muy popular y famoso porque, según se decía, era el favorito de la reina Victoria del Reino Unido.

—Discúlpeme, eso tiene que decidirlo usted. Creo que su conducta es extraña y sin duda injusta hacia Turkey y hacia mí. Pero puede tratarse de un capricho pasajero.

—¡Ah! —exclamé—. Ese cambio de opinión es raro. Habla de él ahora con indulgencia.

—Es la cerveza —gritó Turkey—. Es efecto de la cerveza. Nippers y yo comemos juntos. Ya ve lo indulgente que estoy, señor. ¿Le pongo un ojo morado?

—Imagino que se refiere a Bartleby. No, hoy no. Turkey —repuse—. Baje esos puños. Haga el favor.

Cerré las puertas y me dirigí de nuevo a Bartleby. Tenía un nuevo incentivo para tentar mi suerte. Deseaba que se rebelase de nuevo. Recordé que Bartleby jamás abandonaba la oficina.

—Bartleby —dije—, Ginger Nut ha salido. Vaya a Correos, ¿quiere? —la estafeta estaba a tres minutos de distancia— y vea si hay algo para mí.

—Preferiría no hacerlo.

—¿No quiere ir?

—Preferiría que no.

Pude llegar a mi escritorio y me sumí en hondas reflexiones. Mi ciego impulso regresó. ¿Habría algo capaz de lograr otra innoble negativa de este tipo necio sin un centavo, de mi empleado?

—¡Bartleby!

Silencio.

—¡Bartleby! —más alto.

Silencio.

—¡Bartleby! —vociferé.

Como un fantasma, cediendo a las leyes de una invocación mágica, apareció a la tercera llamada.

—Vaya a la habitación de al lado y dígale a Nippers que venga.

—Preferiría no hacerlo —dijo con respetuosa lentitud y desapareció mansamente.

—Muy bien, Bartleby —dije con voz calma, sosegada y serenamente severa, insinuando el propósito ineludible de una terrible represalia. En aquel momento proyectaba algo así. Pero, pensándolo bien, como la hora de almorzar estaba cerca, me pareció mejor ponerme el sombrero e ir a casa, sufriendo con mi asombro y mi preocupación.

¿Lo confesaré? Al final un pálido joven llamado Bartleby tenía un escritorio en mi despacho, copiaba por cuatro centavos la hoja (cien palabras), pero estaba exento permanentemente de examinar su trabajo y esa tarea era encomendada a Turkey y a Nippers, sin lugar a duda por su mayor agudeza. Además, el mentado Bartleby no sería llamado a realizar la tarea más nimia y, si se le pedía que lo hiciese, se entendería que preferiría no hacerlo. Dicho de otro modo, que se negaría tajantemente.

Al cabo del tiempo, me sentí bastante reconciliado con Bartleby. Su dedicación, que careciese de vicios, su perenne laboriosidad (salvo cuando echaba una cabezada detrás del biombo), su gran sosiego, su conducta imparcial en todo momento, lo convertían en una valiosa adquisición. Para empezar, estaba siempre, llegaba el primero por la mañana, no se movía durante todo el día, y se iba el último por la noche. Yo tenía una especial confianza en su honestidad. Sentía que mis documentos más importantes estaban del todo seguros en sus manos. En ocasiones, muy a mi pesar, no podía evitar alguna ira espasmódica contra él porque era muy difícil no olvidar esas peculiaridades, privilegios e insólitas excepciones que constituían las condiciones tácitas bajo las cuales Bartleby seguía en la oficina. En ocasiones, con las prisas por despachar asuntos urgentes, pedía sin darme cuenta a Bartleby, en un tono breve y rápido, poner el dedo, por ejemplo, en el nudo de una cinta roja con la que estaba atando unos legajos. Detrás del biombo sonaba la consabida respuesta de «preferiría no hacerlo». Así pues, ¿cómo cabía la posibilidad de que un ser humano con los fallos comunes de nuestra naturaleza no respondiese con amargura a tal perversidad, a una sinrazón como aquella? No obstante, cada nueva negativa de esta clase tendía a disminuir las posibilidades de que yo me distrajese de nuevo.

He de confesar que, según acostumbran muchos hombres de ley con despacho en edificios densamente habitados, la puerta tenía varias llaves. Una la tenía una mujer que vivía en la buhardilla. Limpiaba a fondo la oficina una vez por semana, y barría y quitaba el polvo todos los días. Turkey tenía otra, la tercera solía llevarla yo en el bolsillo, y no sé quién tenía la cuarta.

Sin embargo, un domingo por la mañana se me ocurrió acudir a la iglesia de la Trinidad a escuchar a un famoso predicador. Como era temprano decidí pasarme un rato por el despacho. Por suerte llevaba mi llave, pero al introducirla en la cerradura, hallé resistencia por dentro. Llamé. Desalentado, vi que giraba una llave por dentro y, mostrando su rostro descolorido por la puerta entreabierta, entreví a Bartleby en mangas de camisa y con una bata rara y cochambrosa.

Se excusó dócilmente. Me dijo que estaba muy ocupado y que prefería no recibirme en ese momento. Agregó que mejor sería que me fuese a dar dos o tres vueltas a la manzana, que para entonces habría terminado sus tareas.

La insospechada aparición de Bartleby en mi despacho un domingo, con su cadavérica indiferencia caballeresca, pero tan firme y seguro de sí mismo, tuvo un efecto tan raro que me retiré en ese instante de mi puerta y satisfice sus deseos. Sin embargo, sentí varios arranques de inútil rebelión contra el sumiso descaro de este inexplicable amanuense. Su pasmosa docilidad me desarmaba y hasta me acobardaba. Y es que creo que es una especie de cobarde el que deja sin más que su empleado le dé órdenes y lo expulse de sus dominios. Además, estaba lleno de dudas sobre lo que Bartleby podría hacer en mi despacho, en mangas de camisa y astroso, un domingo de mañana. ¿Pasaría algo indebido? No, eso quedaba descartado. No podía ni pensar que Bartleby fuese un inmoral. Pero ¿qué hacía allí? ¿Copias?

No, por raro que fuese Bartleby, era sin lugar a duda decente. Era la última persona que se sentaría a su escritorio en un estado próximo a la desnudez. Además, era domingo, y algo de Bartleby impedía suponer que infringiría la santidad de ese día con tareas blasfemas.

Pese a todo, mi espíritu estaba intranquilo. Muerto de curiosidad, volví finalmente a mi puerta. Introduje la llave, esta vez sin problema, abrí y entré. Bartleby no estaba. Miré ansiosamente alrededor, eché una ojeada detrás del biombo. Pero era obvio que se había ido. Tras un examen minucioso, comprendí que Bartleby debía haber comido y dormido por un tiempo indefinido y haberse vestido en mi oficina, todo eso sin vajilla, cama o espejo. El asiento tapizado de un viejo sofá desvencijado colocado en un rincón mostraba la impronta visible de una silueta flaca reclinada. Encontré una manta enrollada debajo del escritorio. En la lumbre vacía vi una caja de pasta y un cepillo. En una silla había una palangana de peltre, jabón y una toalla deshilachada. Sobre un periódico, reposaban unas migas de galleta de jengibre y un pedazo de queso. «Sí —me dije—, está bastante claro que Bartleby ha estado viviendo aquí».

Entonces se me cruzó este pensamiento: «¡Qué penosas orfandades, miserias y soledades, se revelan aquí! Su pobreza es enorme, pero su soledad ¡es terrible!».

Los domingos, Wall Street es un desierto como el de Arabia. Por las noches es una desolación. Mi edificio, que entre semana bulle de animación y vida, también por la noche retumba de vacío y el domingo está desolado. ¡Y aquí hace Bartleby su hogar, único espectador de una soledad que ha visto habitada, una especie de Mario inocente y transformado, meditando entre las ruinas de Cartago!^[5]

Por primera vez en mi vida se apoderó de mí una impresión de dolorosa y punzante melancolía. Hasta entonces solo había

---

[5]   Cayo o Gayo Mario a (157 a. C.-86 a. C.) fue un político y militar romano. Aquí se hace referencia a un cuadro del pintor estadounidense John Vanderlyn.

experimentado leves tristezas, no desagradables. Ahora el vínculo de una humanidad en común me arrastraba al abatimiento. ¡Una tristeza fraternal! Los dos, Bartleby y yo, éramos hijos de Adán. Recordé las sedas relucientes y los semblantes alegres que había visto aquel día, bogando como cisnes por el río Misisipi de Broadway. Los comparé con el pálido copista, reflexionando. Ay, la dicha busca la luz. Por eso creemos que el mundo es alegre; sin embargo, el dolor se oculta en la soledad. Por eso creemos que el dolor no existe. Estas ideas —sin lugar a duda quimeras de una mente bruta y enferma— me condujeron a pensamientos más directos sobre las rarezas de Bartleby. Me asaltaron corazonadas de extrañas novedades. Me pareció ver la silueta pálida del amanuense entre desconocidos, indiferentes, tendida en su estremecida mortaja.

Entonces me atrajo el escritorio cerrado de Bartleby, con su llave en la cerradura.

No obedecía a ninguna intención malévola, ni al apetito de una cruel curiosidad, pensé. «Además, el escritorio y su contenido son míos. Puedo revisarlo». Todo estaba metódicamente dispuesto y los papeles ordenados. Los casilleros eran hondos. Examiné el fondo removiendo los legajos archivados. Noté algo y lo saqué. Era un viejo pañuelo de algodón, pesado y anudado. Lo abrí y vi que era una alcancía.

Recordé entonces todos los misterios serenos que había advertido en el hombre. Recordé que hablaba solo para responder; que tenía tiempo de sobra a veces, pero jamás lo había visto leer ni siquiera un periódico; que se quedaba mirando durante mucho tiempo, a través de su pálida ventana detrás del biombo, al muro sólido de ladrillos. Yo estaba seguro de que jamás visitaba una casa de comidas o un restaurante. Su cutis pálido indicaba que jamás bebía cerveza como Nippers, ni siquiera té o café como los demás, que jamás salía ni a dar un paseo, salvo posiblemente ahora; que se había negado a decir quién era, de dónde procedía o si tenía parientes; que, aunque pálido y flaco, jamás se quejaba de mala salud. Es más, recordé un aire de inconsciente, apagada —¿cómo decirlo?—, apagada altivez, digamos, o sobria reserva, que me había inspirado una mansa anuencia con sus rarezas, cuando quería pedirle cualquier favor, aunque su larga inmovilidad revelase que estaba detrás de su biombo, sumido en uno de sus sueños frente al muro.

Recordando esas cosas y vinculándolas al reciente descubrimiento de que había hecho de mi despacho su casa, sin olvidar sus enfermizas reflexiones, recordando estas cosas, insisto, en mi espíritu nació un sentimiento de cordura. Mis primeras reacciones habían sido de tristeza y compasión sincera, pero conforme se agrandaba en mi imaginación la desolación de Bartleby, esa tristeza se transformó en miedo y esa compasión en asco.

Es cierto y terrible a un mismo tiempo que el pensamiento o el espectáculo de la pena despierta hasta cierto punto nuestros mejores sentimientos, pero algunos casos especiales no pasan de ahí. Yerran quienes aseguran que esto se debe al egoísmo innato del corazón humano. Procede más bien de cierta incredulidad de remediar un mal orgánico y excesivo. Cuando se siente que esa piedad no conduce a un socorro efectivo, el sentido común ordena al alma zafarse de ella. Lo que vi aquella mañana me convenció de que el amanuense sufría un mal congénito e incurable. Yo podía dar una limosna a su cuerpo, pero no era eso lo que le dolía. Tenía el alma enferma y yo no podía llegar a ella.

Aquella mañana no cumplí mi propósito de ir a la Trinidad. Lo que había visto me incapacitaba, de momento, para acudir a la iglesia. Al ir a mi casa, pensaba en lo que haría con Bartleby. Finalmente decidí que lo interrogaría con calma al día siguiente sobre su vida, etcétera, y si se negaba a contestarme francamente y sin rodeos (y suponía que preferiría no hacerlo), le daría veinte dólares, más lo que le debía, diciéndole que ya no necesitaba sus servicios. Pero si necesitaba mi ayuda de cualquier otro modo, se la prestaría gustoso y le pagaría los gastos para trasladarse a su lugar de nacimiento dondequiera que estuviese. Además, si al llegar allí necesitaba ayuda, podía enviarme una carta y yo respondería.

La mañana siguiente llegó.

—Bartleby —lo llamé comedidamente.

Silencio.

—Bartleby, venga —dije en tono más suave—. No voy a pedirle nada que usted preferiría no hacer. Solo quiero charlar.

Con esto, se acercó silenciosamente.

—Bartleby, ¿quiere decirme dónde ha nacido?

—Preferiría no hacerlo.

—¿Quiere contarme algo de usted?

—Preferiría no hacerlo.

—Pero ¿qué objeción puede tener para no hablar conmigo? Me gustaría ser un amigo.

No me miraba mientras le hablaba. Tenía los ojos fijos en el busto de Cicerón, que estaba detrás de mí, a unos quince centímetros sobre mi cabeza.

—¿Qué responde, Bartleby? —pregunté tras aguardar un buen rato, durante el cual su actitud era estática, salvo por un leve temblor de sus pálidos labios.

—Por ahora prefiero no contestar —dijo, y se retiró a su ermita.

Quizá fui débil, lo reconozco, pero esta vez su actitud me exasperó. No solo parecía ocultar cierto desdén tranquilo. Su terquedad era desagradecida si se tiene en cuenta el irrebatible buen trato y la tolerancia que había recibido de mi parte.

Me quedé pensando una vez más qué haría. Aunque me irritaba su manera de actuar, aunque aquella mañana estaba decidido a despedirlo, un sentimiento supersticioso me asaltó y me prohibió cumplir mi propósito, y me dijo que sería un canalla si osaba murmurar una palabra dura contra el hombre más triste de todos. Finalmente puse familiarmente mi silla detrás de su biombo, me senté y le dije:

—Olvidemos su historia, Bartleby. Pero deje que le ruegue amistosamente que en lo posible respete las costumbres de este despacho. Prométame que mañana o pasado ayudará a examinar documentos, que en un par de días se volverá un poco razonable, ¿de acuerdo, Bartleby?

—De momento prefiero no ser un poco razonable —fue su contestación mansa y cadavérica. En ese instante se abrió la puerta vidriera y Nippers se acercó. Parecía víctima, contra la costumbre, de una mala noche causada por una indigestión más aguda que las acostumbradas. Oyó las últimas palabras de Bartleby.

—¿Prefiere no ser razonable? —gritó Nippers—. Ya le daría yo preferencias en su lugar, señor. ¿Qué es lo que ahora prefiere no hacer, señor?

Bartleby no movió ni un dedo.

—Señor Nippers —dije—, prefiero que se retire por ahora.

No sé cómo últimamente había adquirido la costumbre de usar el verbo preferir. Temblé al pensar que mi relación con el amanuense ya hubiese influido seriamente en mi estado mental. ¿Qué otra y tal vez más profunda aberración podría acarrearme? Esta desconfianza había influido en mi decisión de aplicar medidas expeditivas.

Entretanto, Nippers, agrio y malhumorado, se fue y Turkey apareció, obsequioso y atento.

—Con el debido respeto, señor —dijo—, ayer medité sobre Bartleby y pienso que si él prefiriese tomarse a diario una pinta de buena cerveza, le beneficiaría y lo habilitaría para ayudar a examinar documentos.

—Parece que también usted ha adoptado el verbo —dije, levemente excitado.

—Con el debido respeto, ¿qué verbo, señor? —preguntó Turkey, apretujándose respetuosamente en el angosto espacio detrás del biombo y, al hacerlo, obligándome a empujar al amanuense.

—¿Qué verbo, señor?

—Preferiría estar aquí solo —dijo Bartleby, como si verse atropellado en su retiro lo ofendiese.

—Ese es el verbo, Turkey, justo ese.

—¡Ah!, ¿preferir? Sí, curioso verbo. Jamás lo uso. Pero señor, como le decía, si prefiriese…

—Turkey —lo interrumpí—, retírese, por favor.

—Claro, señor, si usted lo prefiere.

Al abrir la puerta vidriera para retirarse, desde su escritorio Nippers me echó un vistazo y me preguntó si prefería papel blanco o azul para copiar un documento. No acentuó con malicia el verbo preferir. Se notaba que lo había dicho sin querer. Reflexioné que mi deber era librarme de un tarado, que en cierto modo había influido ya en mi lengua y tal vez en mi mente y en las de mis empleados. Pero me pareció mejor no hacerlo de inmediato.

Al día siguiente noté que Bartleby no dejaba de mirar por la ventana en su ensoñación frente a la pared. Cuando le pregunté por qué no escribía, me dijo que había decidido no volver a escribir.

—¿Por qué no? ¿Qué pretende? —exclamé—. ¿No volver a escribir?

—Nunca más.

—¿Y por qué?

—¿No lo ve usted mismo? —repuso con indiferencia.

Lo miré fijamente y pensé que sus ojos estaban apagados y vidriosos. Se me vino la idea a la cabeza de que su esmero sin igual junto a esa ventana sin luz, durante las primeras semanas, le había dañado la vista.

Me conmoví y dije unas palabras de simpatía. Sugerí que era prudente de su parte no escribir durante un tiempo, y lo animé para aprovechar aquella oportunidad para hacer ejercicio al aire libre. Pero no lo hizo. Días después, estando mis otros empleados fuera y teniendo prisa por despachar unas cartas, pensé que al estar mano sobre mano, Bartleby sería menos rígido que de costumbre y querría llevármelas a Correos. Se negó en redondo y, aunque me fastidiaba, tuve que llevarlas yo mismo. Pasaba el tiempo. No sé si los ojos de Bartleby mejoraron o no. Yo creo que sí. Pero cuando le pregunté no me contestó. Aun así, no quería seguir copiando. Finalmente, acosado por mis preguntas, me dijo que había decidido no copiar más.

—¡Cómo! —exclamé—. ¿Si sus ojos sanasen, si viese mejor que antes, copiaría?

—He renunciado a copiar —repuso y se hizo a un lado.

Se quedó como siempre, encerrado en mi despacho. ¡Qué! —si eso fuese posible— se reafirmó más que antes. ¿Qué hacer? Si no hacía nada, ¿por qué iba a quedarse? Era ya una carga gravosa, no solo inútil. Pero me daba lástima. Solo digo la verdad cuando afirmo que me inquietaba. Si hubiese nombrado a algún pariente o amigo, le habría escrito pidiéndole que se llevase a aquel pobre hombre a un lugar adecuado. Pero parecía solo, completamente solo en el mundo. Era como un madero en mitad del océano Atlántico. Finalmente, las necesidades de mis asuntos prevalecieron sobre toda consideración. Lo más amablemente que pude, le dije a Bartleby que debía dejar el despacho en seis días. Le aconsejé adoptar medidas en ese plazo para buscarse un nuevo hogar. Le ofrecí ayudarlo en aquella tarea si él daba el primer paso para mudarse.

—Y cuando se vaya, Bartleby —añadí—, me ocuparé de que no quede del todo desamparado. Recuerde, dentro de seis días.

Transcurrido el plazo, espié detrás del biombo y ahí estaba Bartleby.

Me aboton\u00e9 el abrigo, me puse firme y avancé lentamente hasta tocarle el hombro. Le dije:

—Ha llegado el día. Debe abandonar este lugar. Lo lamento por usted. Aquí tiene su dinero. Debe marcharse.

—Preferiría no hacerlo —repuso dándome en todo momento la espalda.

—Pues debe marcharse.

Silencio.

Yo tenía una confianza sin límites en su honradez. A menudo me había devuelto centavos que yo había dejado caer en el suelo, ya que soy muy despistado con esas pequeñeces. Las disposiciones que tomé no se considerarán extraordinarias por lo tanto.

—Bartleby, le debo doce dólares —dije—. Aquí tiene treinta y dos. Los veinte son suyos. ¿Quiere aceptarlos? —Le entregué los billetes.

Pero no se movió.

—Los dejaré aquí. —Los deposité sobre el escritorio, bajo un pisapapeles.

Tomé mi sombrero y mi bastón, fui a la puerta y, volviéndome con calma, añadí:

—Cuando haya sacado sus cosas del despacho, Bartleby, cerrará con llave la puerta, ya que todos se han ido. Por favor, deje la llave debajo del felpudo para que yo la recoja mañana. No nos volveremos a ver. Adiós. Si más adelante puedo serle útil en su nuevo domicilio, no deje de escribirme. Adiós Bartleby y suerte.

No contestó nada. Se quedó mudo y solitario en medio del despacho desierto, como la última columna de un templo en ruinas.

Mientras iba a mi casa, pensativo, mi vanidad se impuso a mi lástima. No podía dejar de presumir del modo magistral como me había librado de Bartleby. Magistral, me parecía, y así debía opinar todo pensador imparcial. La belleza de mi proceder consistía en su perfecta serenidad. Nada de pedestres amenazas, baladronadas, iracundos ultimátum o paseos de arriba abajo por el despacho con órdenes espasmódicas y vehementes a Bartleby de que se esfumase con sus miserables trastos. Nada de eso.

Sin gritos a Bartleby —como habría hecho un genio inferior— había decidido que se iba y sobre aquella promesa había construido mi discurso. Cuanto más recordaba mi actitud, más me regodeaba en ella. Aun así, al despertar a la mañana siguiente, albergué mis dudas: mis humos de vanidad se habían disipado. Una de las horas más claras y serenas en la vida del hombre es al despertarse. Mi proceder seguía pareciéndome tan sutil como antes, pero solo teóricamente. Su resultado en la práctica estaba por verse. Era una hermosa idea dar por sentado que Bartleby se habría ido. Sin embargo, después de todo, esta presunción era solo mía, no de Bartleby. Lo importante no era que yo hubiese dicho que debía irse, sino que él prefiriese hacerlo. Él era de preferencias, no de presunciones.

Después de desayunar, fui al centro, discutiendo las probabilidades a favor y en contra. A ratos pensaba que fracasaría y vería a Bartleby en mi despacho, como de costumbre. A continuación, tenía la certeza de encontrar su silla vacía. Así seguí titubeando. En la esquina de Broadway y Canal St., vi un grupo de gente muy excitada, conversando seriamente.

—Apuesto a que... —oí decir al pasar.

—¿A que no se va? ¡Ya está! —dije—. Haga su apuesta.

Instintivamente me llevé la mano al bolsillo para vaciarlo cuando recordé que era día de elecciones. Las palabras que había oído no tenían que ver con Bartleby, sino con el éxito o fracaso de algún candidato. En mi obsesión, me había imaginado que todo Broadway compartía mi emoción y hablaba del mismo problema.

Agradecido por el bullicio de la calle, que protegía mi distracción, continué. Como era mi intención, llegué más temprano que de costumbre a la puerta de mi despacho. Me detuve a escuchar. No se oía ruido. Debía haberse ido. Probé el picaporte. La puerta estaba cerrada con llave. Mi proceder había obrado magia. El hombre se había ido. Pero cierta melancolía se mezclaba a esta idea. Casi me pesaba el éxito. Buscaba debajo del felpudo la llave que Bartleby debía haber dejado cuando, casualmente, di a la puerta con la rodilla e hice un ruido como de llamada y me llegó una voz que decía desde dentro:

—Todavía no; estoy ocupado.

Era Bartleby.

Me quedé fulminado. Por un instante me quedé como el hombre al que mató un rayo con su pipa en la boca hace ya tiempo una tarde serena de Virginia. Lo partió mientras estaba asomado a la ventana y quedó recostado allí en la tarde soñadora, hasta que alguien lo tocó y cayó.

—¡No se ha ido! —murmuré finalmente.

Pero de nuevo, obedeciendo al poder que el inescrutable amanuense tenía sobre mí, y del cual no podía zafarme, bajé lentamente a la calle. Al dar una vuelta a la manzana, medité sobre lo que podía hacer en esta inaudita perplejidad. No podía echarlo a empellones. Era inútil sacarlo a fuerza de insultos. Llamar a la policía era una idea desagradable. Ahora bien, permitirle gozar de su cadavérico triunfo sobre mí también era inadmisible. ¿Qué hacer? Y, si no había nada que hacer, ¿qué dar por hecho? Yo había dado por hecho que Bartleby se marcharía. Ahora podía asumir de manera retrospectiva que se había ido. En la legítima realización de esta proposición, podía entrar corriendo en mi despacho, fingir que no veía a Bartleby y llevármelo por delante como si fuese aire. Ese proceder tendría todas las trazas de una indirecta. Era muy complicado que Bartleby pudiese resistirse a semejante aplicación de la doctrina de las suposiciones. Pero pensándomelo bien, el éxito del plan se me antojó dudoso. Decidí discutir nuevamente el asunto.

—Bartleby, estoy muy disgustado —le dije con expresión severa y tranquila al entrar en el despacho—. Estoy apenado, Bartleby. No me esperaba esto de usted. Lo había supuesto un caballero. Había creído que en cualquier dilema bastaría una insinuación —en pocas palabras— suposición. Pero parece que me engaño. ¡Cómo! —añadí con natural asombro—, ¿ni siquiera ha tocado el dinero? —Estaba en el lugar donde yo lo había dejado la víspera.

No contestó.

—¿Quiere dejarnos, sí o no? —pregunté de sopetón y avancé hasta acercarme a él.

—Preferiría no dejarlos —replicó suavemente, marcando el no.

—¿Y qué derecho tiene a quedarse? ¿Paga alquiler? ¿Paga mis impuestos? ¿Es suyo el despacho?

No contestó.

—¿Está dispuesto a escribir ahora? ¿Le ha mejorado la vista? ¿Podría escribirme algo esta mañana o ayudarme a examinar unas líneas o ir a Correos? Dígame, ¿quiere hacer algo que justifique su negativa de irse?

Se retiró en silencio a su ermita.

Yo me hallaba en tal estado de animosidad nerviosa que creí prudente abstenerme de más reproches. Estábamos solos él y yo. Recordé la tragedia del desdichado Adams y del aún más desdichado Colt[6] en la solitaria oficina de este. Cómo el pobre Colt, irritado por Adams y dejándose arrastrar imprudentemente por la ira, se precipitó al acto fatal, acto que ningún hombre puede lamentar más que quien lo realiza. He pensado con frecuencia que si hubiese tenido lugar este altercado en la calle o en un domicilio particular, el desenlace habría sido diferente. Estar solos en un despacho desierto, en lo alto de un edificio sin domésticas asociaciones humanas —un lugar sin alfombras, de aspecto sin duda polvoriento y desolado— debió contribuir a aumentar la desesperación del pobre Colt. Pero cuando la animosidad del viejo Adams se apoderó de mí y me tentó en cuanto a Bartleby, luché y la vencí. ¿Cómo? Recordando el divino pre-

---

[6] Se refiere a la muerte Samuel Adams a manos de John Caldwell Colt, hermano de Samuel Colt, el inventor del revólver del mismo nombre. Colt debía dinero a Adams por la impresión de unos libros y, tras una disputa, lo asesinó a hachazos el 17 de septiembre de 1841.

cepto: Un nuevo mandamiento os doy: amaos los unos a los otros. Sí, eso me salvó. Aparte de otras altas consideraciones, la caridad es un principio sabio y prudente, una poderosa protección para su poseedor. Los hombres han asesinado por celos, rabia, odio, egoísmo y por orgullo espiritual. Sin embargo, que yo sepa, no hay hombre que haya cometido un asesinato por caridad. Si no puede aducirse un motivo mejor, la prudencia puede empujar a todo ser hacia la filantropía y la caridad. Con todo, esta vez traté de ahogar mi irritación con el amanuense, interpretando con benevolencia su conducta. «¡Pobre hombre, pobrecillo! —me dije—, no sabe lo que hace. Además, ha pasado unos días durísimos y merece comprensión».

También traté de ocuparme en algo y, al mismo tiempo, consolar mi desánimo. Quise imaginar que durante la mañana, en un momento que le viniese bien, Bartleby saldría de su ermita por su propia voluntad y se dirigiría a la puerta. Pero no, llegaron las doce y media, el rostro de Turkey se encendió, volcó el tintero y comenzó su turbulencia. Nippers derivó hacia la calma y la cortesía. Ginger Nut mascó su manzana del mediodía. Bartleby siguió de pie en la ventana en uno de sus ensueños frente al muro. ¿Me creerán? ¿Lo confesaré? Esa tarde me marché sin decirle una palabra más.

Pasaron varios días durante los cuales, en momentos de ocio, releí *Sobre testamentos* de Edwards y *Sobre la necesidad* de Priestley. En aquellas circunstancias, estas obras despertaron en mí un sentimiento saludable. Poco a poco me persuadí de que mis sinsabores a cuenta del amanuense eran decretados por el Altísimo, que por algún misterioso propósito de la Divina Providencia se me había enviado a Bartleby, propósito que un simple mortal como yo no podía desentrañar. «De acuerdo, Bartleby, quédate ahí, detrás del biombo —pensé—. No te perseguiré más. Eres inocuo y silencioso, como una de esas viejas sillas. Dicho con pocas palabras, jamás me había sentido con tanta intimidad que sabiendo que estabas ahí. Por fin lo veo y lo siento. Comprendo el designio predestinado de mi vida. Estoy satisfecho. A otros les asignarán papeles más elevados, pero mi misión en esta vida, Bartleby, es darte un despacho mientras tú quieras». Me parece que este juicioso orden de ideas habría seguido si, al visitar mi despacho, mis colegas no hubiesen dejado caer observaciones gratuitas y maliciosas. Como sucede frecuentemente, el contacto continuo con mentes mezquinas aniquila las buenas resoluciones de los más generosos. Pensándolo bien, no me sorprende que a quienes entraban a mi despacho les impresionase el curioso aspecto del impenetrable Bartleby y los tentase formular alguna adversa observación. En ocasiones un procurador visitaba el despacho y, al ver solo al amanuense, trataba de obtener de él datos precisos sobre mi paradero. Bartleby no le prestaba atención y seguía impasible en medio de la estancia. El procurador, tras contemplarlo un rato, se despedía como había venido.

Por ejemplo, cuando tenía lugar una audiencia y el despacho estaba lleno de abogados y testigos, sucediéndose los asuntos, algún letrado muy ocupado, al ver a Bartleby mano sobre mano, le pedía que fuese a buscar a su despacho (del letrado) algún documento. Entonces Bartleby se negaba tranquilamente y permanecía tan ocioso como antes. El abogado se quedaba entonces mirándolo con pasmo, le clavaba los ojos y luego me miraba a mí. ¿Qué podía decir yo? Finalmente me percaté de que entre mis conocidos corría un rumor asombrado sobre el extraño ser que albergaba en mi despacho. Aquello me sacaba de quicio. Se me pasó por la mente que podía ser longevo y pasarse años ocupando mi despacho, desoyendo mi autoridad y asombrando a mis visitantes, desdorando mi reputación profesional, arrojando una sombra de duda sobre el despacho y manteniéndose con sus ahorros (porque sin lugar a duda no gastaba más que medio centavo por día), y que era posible que me sobreviviese y se quedase en mi despacho reclamando el derecho de posesión sobre la base de una ocupación perpetua. Conforme me abrumaban aquellas oscuras ideas y mis amigos arrojaban sus implacables observaciones sobre esa aparición en mi despacho, experimenté un gran cambio. Decidí hacer un esfuerzo enérgico y librarme de una vez por todas esta pesadilla insoportable.

Antes de trazar un complicado plan, simplemente le insinué a Bartleby la ventaja de su partida. En un tono serio y tranquilo, dejé caer la idea a su cuidadosa y madura consideración. Después de tres días de meditación y me comunicó que mantenía su criterio original. En pocas palabras: prefería permanecer conmigo.

«¿Qué hago? —me dije abotonándome el abrigo hasta el cuello—. ¿Qué hago? ¿Qué debo hacer? ¿Qué me dicta la conciencia que debería hacer con este hombre o, más bien, con este espectro? Tengo que librarme de él. Se marchará, pero ¿cómo? ¿Echarás a ese triste, pálido e indiferente mortal, arrojarás esa criatura desamparada? ¿Te denigrarás con semejante crueldad? No, no quiero, ni puedo hacerlo. Preferiría dejarlo vivir y morir aquí y emparedar después sus restos en el muro. Entonces, ¿qué harás? Pese a todos tus ruegos, no se mueve. Deja el dinero bajo el pisapapeles, así que está claro que prefiere quedarse contigo.

»Entonces habrá que hacer algo severo que se salga de lo común. ¿Cómo? ¿Lo harás arrestar por la policía y enviarás su cándida palidez a prisión? ¿Qué motivos podrías alegar? ¿Es un vagabundo? ¡Qué! ¡Un vagabundo él, un ser errante él, que se niega a irse? Entonces, ¿si no quiere ser un vagabundo, lo vas a tachar de eso? Es absurdo. ¿No tiene medios visibles de vida? Bueno, ahí está. Otro error porque sin duda vive y esa es la única prueba irrefutable de que cuenta con medios de vida. No hay nada que hacer en ese caso. Si él no quiere dejarme, tendré que ser yo quien lo deje. Me mudaré de despacho. Me iré a otra parte y le diré que lo acusaré de intrusión si lo veo en mi nuevo domicilio».

Al día siguiente le dije:

—Este despacho está demasiado lejos del ayuntamiento y está mal ventilado. Resumiendo, que pienso mudarme la semana próxima y ya no requeriré sus servicios. Se lo comunico ahora, para que pueda buscarse otro empleo.

No contestó, ni se dijo más.

El día fijado contraté carros y mozos de cuerda, fui a mi despacho y, como tenía poco mobiliario, todo se trasladó en pocas horas. Durante la mudanza el amanuense permaneció detrás del biombo, que ordené que fuese lo último en sacar del despacho. Lo retiraron, lo plegaron como un enorme fuelle y Bartleby se quedó inmóvil en la estancia vacía. Me detuve en la entrada, observándolo unos instantes, mientras dentro de mí algo me recriminaba.

Entré de nuevo con la mano en el bolsillo y el corazón en la boca.

—Adiós, Bartleby, me marcho. Hasta siempre, que Dios lo bendiga. Tome esto. —Deslicé algo en su mano. Él lo dejó caer al suelo y entonces, suena raro, me arranqué dolorosamente de quien tanto había deseado librarme.

Ya en mi nuevo despacho, mantuve la puerta cerrada con llave durante uno o dos días. Me sobresaltaba cada sonido de pasos en el pasillo. Cuando volvía, después de cualquier salida, me detenía unos segundos en el umbral, y escuchaba atentamente al introducir la llave. Pero mis temores eran infundados porque Bartleby jamás regresó.

Pensé que todo iba como una seda, cuando un señor muy cariacontecido me visitó, preguntando si era yo el último inquilino de las oficinas del n.º X de Wall Street.

Lleno de aprensión contesté afirmativamente.

—Entonces, señor —me espetó el desconocido, que era un abogado—, es usted responsable del hombre que ha dejado allí. Se niega a hacer copias. No quiere hacer nada. A todo dice que prefiere no hacerlo y se niega a abandonar el local.

—Lo lamento, señor —repuse con aparente tranquilidad, aunque con un temblor interior—. El hombre al que alude no es nada mío. No es un familiar o un pasante para que usted me haga responsable.

—En nombre de Dios, ¿quién es?

—Con sinceridad no puedo decírselo. No sé nada de él. Lo contraté como copista, pero hace tiempo que ya no trabaja para mí.

—Entonces, me ocuparé de ello. Buenos días, señor.

Transcurrieron varios días y no supe más. Aunque sentía en ocasiones el impulso caritativo de ir allí a ver al pobre Bartleby, me detenía cierto escrúpulo, sé cuál.

«Ya he terminado con él —pensaba— de una vez por todas», cuando transcurrió otra semana sin más noticias. Pero al llegar al día siguiente al despacho me encontré a varias personas esperando en mi puerta, todas ellas muy nerviosas.

—Ese es el hombre. Ya viene —gritó el que estaba primero, que no era sino el abogado que me había visitado.

—Tiene que echarlo de inmediato, señor —gritó un hombre corpulento adelantándose y a quien reconocí por ser el propietario del n.º X de Wall Street—. Estos caballeros, mis inquilinos, ya no lo soportan más. El señor B. —señaló al abogado— lo ha echado de su despacho, así que ahora insiste en ocupar todo el edificio, sentándose de día en las barandillas de la escalera y durmiendo en el portal, de noche. Todos están inquietos. Los clientes abandonan los despachos y se teme un tumulto. Tiene que hacer algo ya.

Horrorizado ante semejante avalancha, retrocedí y habría querido encerrarme con llave en mi nuevo despacho. Dije en balde que no tenía nada que ver con Bartleby. Fue inútil. Yo era la última persona relacionada con él y nadie quería olvidarlo.

Temiendo que me denunciasen en la prensa (como alguien insinuó veladamente) estudié la situación y dije que si el abogado me concedía una entrevista privada con el escribiente en su propio despacho (del abogado), haría lo posible para librarlos de él.

Al subir a mi antiguo despacho, vi a Bartleby silencioso, sentado sobre la barandilla, en el descansillo.

—¿Qué hace ahí, Bartleby? —pregunté.

—Sentado en la barandilla —respondió humildemente.

Lo hice entrar al despacho del abogado, que nos dejó a solas.

—Bartleby —comencé—, ¿es consciente de que está ocasionándome problemas con su insistencia en ocupar el portal después de haber sido despedido?

Silencio.

—Debe elegir. O hace algo usted o hacen algo con usted. Pero ¿qué clase de trabajo quiere hacer? ¿Le gustaría volver a ser copista?

—No, preferiría no hacer ningún cambio.

—¿Le gustaría ser dependiente en una tienda de telas?

—Es demasiado encierro. No, no me gustaría ser vendedor, pero tampoco soy exigente.

—¡Demasiado encierro! —grité—. ¡Pero si se pasa todo el día encerrado!

—Preferiría no ser vendedor —respondió como para zanjar la discusión.

—¿Qué me dice de un empleo en un bar? Eso no cansa la vista.

—No me gustaría; pero, como ya he dicho, no soy exigente.

Su locuacidad me animó y volví a la carga.

—Entonces, ¿le gustaría viajar por el país como cobrador de deudas? Sería bueno para su salud.

—No, preferiría hacer otra cosa.

—¿No iría usted a Europa, acompañando a algún joven para distraerlo con su conversación? ¿No le agradaría eso?

—En absoluto. No me parece que en eso haya nada preciso. Me gusta estar quieto en un sitio. Pero no soy exigente.

—Entonces quédese quieto —grité, perdiendo los estribos. Por primera vez en mi exasperante relación con él me enfurecí—. ¡Si no se va de aquí antes del anochecer, me veré obligado, sí, obligado, a irme yo mismo! —dije, un tanto absurdamente, sin saber cómo amedrentarlo para transformar su inmovilidad en obediencia. Harto y sin ganas de hacer más esfuerzos me iba corriendo, cuando se me ocurrió una última idea, una que ya había entrevisto.

—Bartleby —dije en el tono más bondadoso que me fue posible en semejante situación—, ¿se vendría a casa conmigo? No a mi despacho, sino a mi casa, a quedarse allí hasta dar con un arreglo conveniente. Vámonos ahora mismo.

—No, de momento preferiría no hacer cambios.

No contesté. Sin embargo, esquivé a todos yéndome súbita y rápidamente. Hui del edificio, corrí por Wall Street hacia Broadway y me libré de cualquier persecución montando en el primer autobús que encontré. Cuando recuperé la paz, comprendí que había hecho todo lo humanamente posible, tanto en relación con los ruegos del propietario y sus inquilinos, como con relación a mis deseos y mi sentido del deber, tanto para beneficiar a Bartleby, como para protegerlo de una implacable persecución. Traté de estar tranquilo y sin preocupaciones. Mi conciencia justificaba lo que había hecho, aunque no logré el éxito que esperaba, para ser franco. Temía ser acosado por el irritado propietario y sus exasperados inquilinos, así que dejé unos días mis asuntos en manos de Nippers, fui a la parte alta de la ciudad, atravesando los suburbios, en mi coche, crucé de Jersey City a Hoboken e hice unas visitas rápidas a Manhattanville y Astoria. Lo cierto es que casi estuve domiciliado en mi coche durante todo ese tiempo. Cuando regresé al despacho, vi sobre mi escritorio una nota del propietario. La abrí. Me temblaban las manos. Me informaba su autor que había llamado a la policía y esta había llevado a Bartleby a la cárcel como a un vagabundo. Además, puesto que yo lo conocía mejor que nadie, me pedía que acudiese a prestar una declaración sobre los hechos. Estas noticias ejercieron sobre mí un efecto contradictorio. Al principio me indignaron, pero después casi merecieron mi aprobación. El carácter firme y resuelto del propietario había hecho que adoptase un temperamento que yo no hubiese elegido. No obstante, como último recurso y en semejantes circunstancias, parecía la única solución.

Supe más tarde que cuando le dijeron que iría a la cárcel, no ofreció resistencia. Con su pálido modo inalterable, asintió sin decir ni pío. Algunos curiosos o apiadados espectadores se unieron al grupo. Guiada por uno de los agentes, del brazo de Bartleby, la procesión muda siguió su camino entre el ruido, el calor y el jolgorio de las calles al mediodía.

El día que recibí la nota, acudí a la cárcel. Declaré el propósito de mi visita en mi búsqueda de mi antiguo empleado. Me informaron de que el individuo estaba allí. Le aseguré al funcionario que Bartleby era honrado a carta cabal y que era digno de lástima por inexplicablemente excéntrico que fuese. Le conté cuanto sabía y sugerí que lo mantuviesen en un benigno encierro hasta que pudiese hacerse algo menos duro —si bien no sé en qué pensaba—. De todos modos, si no decidían nada, debería ingresar en alguna institución. A continuación solicité una entrevista.

Como no existían cargos contra él y era inofensivo y dócil, le permitían caminar libremente por la prisión, en especial, por los patios con césped. Allí lo encontré, solo en el más silencioso de los patios, con el rostro dirigido a un alto muro, mientras me pareció ver alrededor los ojos de asesinos y ladrones que escudriñaban por las angostas rendijas de las ventanas.

—¡Bartleby!

—Lo conozco —dijo sin girarse— y no tengo nada que decirle.

—No soy yo quien lo trajo aquí, Bartleby —repuse dolido por su sospecha—. Para usted, este sitio no debe ser tan indigno. No está aquí por nada censurable. Mire, no es un lugar tan triste como cabría suponer. Mire, ahí tiene el cielo y aquí la hierba.

—Sé dónde estoy —replicó y no quiso decir nada más, así que lo dejé.

Al entrar de nuevo en el pasillo, un hombre ancho y fofo con delantal, se me acercó y, señalando con el pulgar sobre el hombro, me preguntó:

—¿Es amigo suyo?

—Sí.

—¿Quiere morirse de hambre? Si es así, que siga la dieta de la prisión y saldrá con los pies por delante.

—¿Quién es usted? —inquirí, no acertando a explicarme una charla tan poco oficial allí.

—Soy el despensero. Los caballeros con amigos aquí me pagan para que les dé comida como es debido.

—¿De veras? ——pregunté al guardián, que contestó afirmativamente.

—Entonces —dije, deslizando unas monedas en su mano—, quiero que mi amigo esté bien atendido. Dele la mejor comida que tenga y sea lo más atento posible con él.

—Preséntemelo, ¿le parece? —repuso el despensero con una expresión que parecía indicar impaciencia por ensayar de inmediato su cortesía.

Pensando que podía beneficiarle, accedí y, preguntándole su nombre, fui a buscar a Bartleby.

—Bartleby, este hombre es amigo suyo. Le será muy útil.

—Servidor, señor —terció el despensero con un lento saludo detrás del delantal—. Espero que esto le sea agradable, señor. Bonita hierba y celdas frescas, espero que pase un tiempo con nosotros, trataremos de hacérselo agradable. ¿Qué desea cenar hoy?

—Prefiero no cenar hoy —respondió Bartleby, dándose vuelta—. Me haría daño. No estoy acostumbrado a cenar. —Con aquellas palabras fue hacia el otro lado del vallado y se quedó contemplando la pared.

—¿Y esto? —preguntó el hombre, mirándome con asombro—. Es medio raro, ¿no?

—Creo que está algo desequilibrado —expliqué con tristeza.

—¿Desequilibrado? ¿Que está desequilibrado? Bueno, palabra que pensé que su amigo era un falsificador porque los falsificadores siempre tienen aire pálido y señorial. No puedo evitar compadecerlos, señor. ¿No conoció a Monroe Edwards?[7] —añadió en tono patético y se detuvo. Luego, posando compasivamente la mano en mi hombro, suspiró—: murió de tuberculosis en Sing Sing. Así que, ¿no conocía a Monroe?

—No, jamás he entablado relaciones con ningún falsificador. Pero no puedo quedarme más. Cuide de mi amigo. Le prometo que no lo lamentará. Ya nos veremos.

Pocos días después, conseguí otro permiso para visitar la cárcel y recorrí los pasillos en busca de Bartleby, pero no lo vi.

—Lo he visto salir de su celda hace poco —me informó un celador—. Habrá salido a pasear por el patio. Tomó esa dirección.

—¿Busca al hombre callado? —preguntó otro celador al cruzarse conmigo—. Está allí, durmiendo en el patio. Hará unos veinte minutos que lo vi acostado.

El patio estaba completamente en calma. Los presos comunes no podían entrar allí. Los muros circundantes, de asombroso espesor, lo aislaban de cualquier ruido. El carácter egipcio de la arquitectura me abrumó con su tristeza. Sin embargo, a mis pies crecía un suave césped cautivo. Era como si en las entrañas de las eternas pirámides, merced a una curiosa magia, hubiesen germinado entre las grietas las semillas arrojadas por las aves.

Vi al consumido Bartleby extrañamente agazapado al pie del muro, con las rodillas levantadas, de lado y con la cabeza tocando las frías piedras. Pero no se movió. Me detuve y después me acerqué. Me agaché y vi que tenía abiertos los ojos, pero parecía profundamente dormido. Algo me impulsó a tocarlo. Al

---

[7] Famoso esclavista y falsificador que murió en la prisión de máxima seguridad de Sing Sing (situada en el Estado de Nueva York, EE.UU.).

sentir su mano, un escalofrío me recorrió el brazo y la columna hasta los pies.

La oronda cara del despensero me interrogó:

—Su comida está lista. ¿No querrá comer hoy tampoco? ¿O es que vive del aire?

—Vive del aire —dije yo y le cerré los ojos.

—¿Eh? Está dormido, ¿no?

—Sí, con reyes y consejeros —repuse.

Creo que no es necesario seguir esta historia. La imaginación puede pintar fácilmente el triste relato del entierro de Bartleby. Pero antes de despedirme del lector quiero advertirle que, si este relato le ha interesado lo bastante para despertar su curiosidad sobre quién era Bartleby y cuál era su vida antes de que el narrador lo conociese, solo puedo decir que comparto esa curiosidad, pero no puedo satisfacerla. No sé si puedo divulgar cierto rumor que oí meses después de su fallecimiento. No puedo dar fe de él, ni puedo decir cuánta verdad contenía. Pero, como este rumor ha tenido interés para mí, aunque sea triste, puede también interesar a otros.

El rumor es que Bartleby había sido un subalterno de la Oficina de Cartas Muertas de Washington,[8] de donde fue despedido de un día para otro por un cambio en la Administración. Cuando pienso en este rumor, me cuesta expresar la emoción que me embargó. ¡Cartas muertas! ¿Acaso no parecen hombres muertos? Piensen en un hombre por naturaleza desgraciadamente propenso a una pálida desesperanza. ¿Qué actividad puede incrementar más semejante desesperanza sino el manejo continuo de esas cartas muertas y clasificarlas para destinarlas al fuego? Pues las queman por carretadas todos los años. A veces, el pálido funcionario saca de los papeles doblados un anillo —quizá el dedo al que se destinaba ya se pudra en la tumba—;

---

[8] Se refiere a un organismo de Correos adonde van a parar aquellas cartas y envíos postales que no pueden ser entregados a su destinatario y que tampoco pueden ser devueltos al remitente porque se desconoce.

un billete remitido en urgente caridad a quien ya no come, ni puede sentir más la punzada del hambre; perdón para quienes murieron desesperados; esperanza para los que murieron sin ella; buenas nuevas para quienes murieron atribulados por insufribles calamidades. Estas cartas corren hacia la muerte con mensajes de vida.

¡Oh, Bartleby! ¡Oh, humanidad!

UNA NUBECILLA

James Joyce

Ocho años atrás se había despedido de su amigo en la estación de North Wall deseándole que fuese con Dios. Gallaher triunfó. Saltaba a la vista por su aire viajero, su traje de lana de buen corte y su tono decidido. Pocos tenían su talento y aún menos eran capaces de permanecer íntegros ante tanto éxito. Gallaher tenía un gran corazón y merecía sus laureles. Era un placer tener un amigo así.

Desde el almuerzo, Chico Chandler solo pensaba en su cita con Gallaher, en su invitación, en la gran urbe londinense donde él vivía. Lo llamaban Chico Chandler porque, pese a ser de mediana estatura, parecía más pequeño. Tenía las manos blancas y cortas, huesos finos, voz baja y modales refinados. Cuidaba con esmero su cabello rubio lacio y su bigote, y usaba un perfume suave en el pañuelo. La medialuna de sus uñas era perfecta y al sonreír mostraba una hilera de blancos dientes de leche.

Sentado frente a su escritorio en King's Inns pensaba en los cambios que le habían traído aquellos ocho años. El amigo que había conocido como un tipo vulgar se había transformado en una figura rutilante de la prensa británica. Levantaba a menudo la vista de su escrito farragoso para mirar a la calle por la ventana de la oficina. El resplandor del atardecer otoñal bañaba el césped y las aceras. Rodeaba de un generoso polvo dorado a las niñeras y a los ancianos que dormitaban en los bancos. Coloreaba cada figura en movimiento: los niños que correteaban gritando por los senderos de grava y a quienes cruzaban los jardines. Contemplaba la escena y meditaba sobre la vida y (como sucedía siempre en aquellas ocasiones) se acongojó. Una suave melancolía se adueñó de su alma. Sintió lo vano que era luchar contra la suerte. Ese era el peso muerto de sabiduría que le proporcionó el tiempo.

Recordó los libros de poesía en la librería de su casa. Los había comprado en sus días de soltero y más de una noche, sentado en la habitación del fondo del pasillo, había sentido ganas de tomar uno y leerle algo a su esposa. Pero su timidez lo refrenó siempre y los libros se quedaban en los estantes. En ocasiones se repetía a sí mismo unos versos, lo cual le servía de consuelo.

Cuando llegó la hora, se levantó y se despidió como es debido de su escritorio y de sus compañeros. Salió de entre los arcos de King's Inns con su figura pulcra y modesta, caminando con prisa Henriette St. abajo. El dorado crepúsculo ya decaía y el aire se hacía cortante. Por las calles pululaba una horda de chiquillos sucios. Corrían o se detenían en medio de la calzada o se encaramaban esperanzados a los quicios de las puertas o bien se acuclillaban como ratoncitos en cada umbral. Chico Chandler no les dio importancia. Se abrió paso con habilidad por entre aquellos gusarapos y pasó bajo la sombra de las altivas mansiones espectrales donde se había jactado la antigua nobleza de Dublín. No le llegaban recuerdos del pasado porque su mente rebosaba la alegría del instante.

Jamás había estado en Corless's, pero conocía el valor de aquel nombre. Sabía que la gente acudía allí después del teatro a comer ostras y a beber licores. Decían que los camareros de ese sitio hablaban francés y alemán. Pasando rápido por delante durante la noche había visto detenerse coches a sus puertas con damas bien vestidas, acompañadas por caballeros, que se apeaban y entraban al local, fugaces, vistiendo atuendos escandalosos y muchas pieles. Llevaban los rostros empolvados y levantaban sus vestidos cuando tocaban tierra, como Atalantas[9] alarma-

---

[9] Atalanta fue una heroína de la mitología griega dedicada a la diosa Artemisa, que fue muy famosa por sus habilidades como cazadora.

das. Siempre había pasado de largo sin volverse a mirar siquiera. Acostumbraba a caminar con paso rápido por la calle, incluso de día, y cuando estaba en la ciudad tarde por la noche apretaba el paso, con aprensión y nerviosismo. Sin embargo, en ocasiones galanteaba con la causa de sus temores. Escogía las calles más tortuosas y peor iluminadas y, al avanzar con osadía, lo perturbaba el silencio que se esparcía en torno de sus pasos, como lo azoraba toda figura silenciosa y vagabunda. El sonido de una risa queda y fugitiva lo hacía temblar en ocasiones como una hoja.

Giró a la derecha hacia Capel St. ¡Ignatius Gallaher, de la prensa londinense! ¿Quién lo habría dicho ocho años atrás? Pero, al recordar ahora el pasado, Chico Chandler podía acordarse de muchos indicios de la futura grandeza de su amigo. La gente solía decir que Ignatius Gallaher era impulsivo. Claro que entonces se reunía con un grupo de amigos libertinos, que bebía como una esponja y pedía dinero a todo el mundo. Finalmente se vio involucrado en un asunto turbio, una transacción monetaria o, al menos, esa era una de las explicaciones de su fuga. Pero nadie le negaba el talento. Ignatius Gallaher siempre tuvo un cierto… no sé qué que impresionaba pese a uno mismo. Aun estando en apuros y sin recursos, conservaba su descaro. Chico Chandler rememoró (y el recuerdo lo sonrojó con un poco de orgullo) uno de los dichos de Ignatius Gallaher cuando andaba a la cuarta pregunta:

—Ahora una pausa, caballeros —solía decir con ligereza—. ¿Dónde está mi gorra de pensar?

Eso retrataba bien a Ignatius Gallaher, pero había que admirarlo, qué diablos.

Chico Chandler apretó el paso. Por primera vez en su vida se sintió superior a los transeúntes. Por primera vez su alma se rebelaba contra la anodina falta de elegancia de Capel St. No cabía duda de que si se quería tener éxito, uno debía largarse. No había nada que hacer en Dublín. Al cruzar el puente de Grattan miró río abajo, a la parte pobre del malecón, y se compadeció de las chozas, tan pequeñas. Le parecieron mendigos agachados a orillas del río, con sus viejos gabanes polvorientos y hollinientos, atónitos ante el crepúsculo, aguardando a que el primer guardia aterido los obligase a levantarse, sacudirse y caminar. Se preguntó si podría escribir un poema que plasmase esta idea. Tal vez Gallaher pudiese colocarlo en un periódico londinense. ¿Podría escribir algo original? No sabía qué quería expresar, pero la idea de haber recibido la inspiración de un momento poético le creció dentro como el embrión de una esperanza. Apretó el paso con resolución.

Cada paso lo acercaba a Londres, alejándolo de su vida sobria y prosaica. Una lucecita parpadeaba en su horizonte mental. No era tan viejo, solo treinta y dos. Podía decirse que su carácter estaba listo para madurar. Había tantas impresiones y estados de ánimo que quería plasmar en verso. Los sentía dentro. Trató de analizar su alma para saber si era de poeta. La nota dominante de su carácter —pensó— era la melancolía, pero templada por la fe, la entereza y una alegría sencilla. Si pudiese expresar esto en un libro, puede que la gente le prestase atención. Nunca sería popular y se daba cuenta. No podría movilizar multitudes, pero podría conmover a un pequeño grupo de almas afines. Puede que los críticos ingleses lo catalogasen de miembro de la escuela celta por el tono melancólico de sus poemas y, además, dejaría caer algunas alusiones. Empezó a inventar las oraciones y frases para sus libros. «El señor Chandler tiene el don del verso gracioso y fácil…». «Una deseosa tristeza inspira estos poemas…». «La nota celta». Qué lástima que su nombre no pareciese más irlandés. Quizá fuese mejor invertir el orden de sus apellidos: Thomas Malone Chandler o, aún mejor, T. Malone Chandler. Le hablaría a Gallaher de ello.

Persiguió sus sueños con tal pasión que pasó la calle de largo y tuvo desandar camino. Antes de llegar a Corless's su anterior agitación lo invadió y se detuvo ante la puerta, indeciso. Final-mente, abrió y entró.

La luz y el ruido del bar lo inmovilizaron a la entrada unos instantes. Miró a su alrededor, pero se le iban los ojos, confundido con tantos vasos de vino tinto y blanco deslumbrándolo. El bar parecía abarrotado y sintió que lo observaban con curiosidad. Miró rápido a izquierda y derecha (frunciendo ligeramente las cejas para hacer ver que iba allí por algo serio), pero cuando enfocó la vista notó que nadie se había vuelto a mirarlo y, por supuesto, allí se encontraba Ignatius Gallaher de espaldas al mostrador, con las piernas bien separadas.

—¡Hola, Tommy, héroe antiguo, por fin llegas! ¿Qué quieres? ¿Qué tomas? Estoy bebiendo whisky. Es mucho mejor que al otro lado del charco. ¿Soda? ¿Lithia? ¿Nada de agua mineral? Yo soy igual. Le mata el sabor...

Vamos, mozo, haz el favor de servirnos dos whiskies de malta... Bien, ¿cómo te ha ido desde la última vez que te vi? ¡Dios, qué viejos estamos! ¿Notas que envejezco o qué? Canoso y casi calvo en la coronilla, ¿verdad?

Ignatius Gallaher se quitó el sombrero y mostró una cabeza casi rapada. Tenía una cara pesada, pálida y bien afeitada. Sus ojos, casi de color pizarra, mitigaban su palidez enfermiza y brillaban aún sobre el intenso naranja de su corbata. Entre estas dos facciones enfrentadas, sus labios parecían largos, pálidos e informes. Inclinó la cabeza y se tocó con dos dedos compasivos el pelo ralo. Chico Chandler negó con la cabeza. Ignatius Gallaher se puso de nuevo el sombrero.

—El periodismo se acaba —dijo—. Hay que ir rápido y con sigilo tras la noticia, eso si la encuentras, y que lo que escribas a continuación sea novedoso. Al cuerno con las pruebas y el impresor, digo yo, al menos unos días. Estoy encantado, te lo digo, de volver a casa. Las vacaciones hacen mucho bien. Me siento mucho mejor desde que desembarqué en este sucio y querido Dublín. Por fin te veo, Tommy. ¿Agua? Dime cuándo.

Chico Chandler dejó que le aguase bastante su whisky.

—No sabes lo que es bueno, amigo —dijo Ignatius Gallaher—. El mío lo tomo puro.

—Siempre bebo poco —dijo con modestia Chico Chandler—. Medio vaso o así cuando veo a uno de la vieja pandilla. Eso es todo.

—Ah, bueno —comentó con alegría Ignatius Gallaher—, a nuestra salud y por los tiempos pasados y los viejos amigos.

Entrechocaron los vasos y brindaron.

—Hoy he visto a parte de la vieja pandilla —dijo Ignatius Gallaher—. Parece que O'Hara está mal. ¿Qué le ocurre?

—Nada —respondió Chico Chandler—. Se ha hundido.

—Pero Hogan está bien colocado, ¿verdad?

—Sí, está en la Comisión Agraria.

—Lo vi una noche en Londres y se le veía boyante… ¡Pobre O'Hara! La bebida, imagino.

—Entre otras cosas —dijo Chico Chandler, lacónico. Ignatius Gallaher rio.

—Tommy —le dijo—, veo que no has cambiado nada. Eres el mismo tipo serio que me leías un editorial el domingo por la mañana si tenía resaca. Deberías ver un poco de mundo. No has ido de viaje a ningún sitio, ¿verdad?

—He ido a la isla de Man —dijo Chico Chandler. Ignatius Gallaher rio.

—¡La isla de Man! —dijo—. Ve a Londres o a París. Mejor a París. Te hará bien.

—¿Conoces París?

—¡Creo que sí! Lo he visitado un poco.

—¿Y es tan bonito como dicen? —preguntó Chico Chandler.

Tomó un sorbito de su vaso mientras Ignatius Gallaher apuraba el suyo de un trago.

—¿Bonito? —preguntó Ignatius Gallaher, haciendo una pausa para meditar la palabra y paladear la bebida—. No es tan bonito, si supieses. Claro que es bonito… Pero lo que importa es la vida de París. Ay, no hay una ciudad como París, tan alegre, movida, emocionante…

Chico Chandler se terminó su bebida y, con un poco de esfuerzo, pudo llamar la atención de un camarero. Pidió lo mismo otra vez.

—Estuve en el Moulin Rouge[10] —prosiguió Ignatius Gallaher cuando el camarero se llevó los vasos— y he ido a todos los cafés bohemios. ¡Son canela fina! Nada aconsejable para un puritano como tú, Tommy.

Chico Chandler no dijo nada hasta que el camarero regresó con los dos vasos. Entonces chocó suavemente el vaso de su amigo y repitió el brindis anterior. Empezaba a sentirse un tanto decepcionado. El tono de Gallaher y su modo de expresarse no le gustaban. Había algo ordinario en su amigo que antes no había visto. Pero quizá fuese por haber vivido en Londres, entre la agitación y la competencia periodística. Aún se sentía el viejo encanto personal por debajo de sus nuevos modales pomposos. Al fin y al cabo, Gallaher había vivido y visto mundo. Chico Chandler contempló a su amigo con envidia.

—Todo es alegría en París —dijo Ignatius Gallaher—. Los franceses creen que hay que disfrutar la vida. ¿No crees que están en lo cierto? Si quieres disfrutar la vida como es, debes ir a París. Deja que te diga que los irlandeses les caemos muy bien a los franceses. Cuando oían que era irlandés, chico, me querían comer.

Chico Chandler bebió cinco o seis sorbos de su vaso.

—Pero, dime —comenzó—, ¿es verdad que París es tan… inmoral como se cuenta?

Ignatius Gallaher hizo un gesto católico con la mano derecha.

—Todos los lugares son inmorales —respondió—. Claro que hay cosas sórdidas en París. Si vas a uno de esos bailes estudian-

[10] Famoso cabaret parisino abierto en 1889, conocido también en español como el Molino Rojo.

tiles, por ejemplo. Muy animados, si quieres, cuando las *cocottes*[11] se sueltan el pelo. Ya sabes lo que son, supongo.

—He oído hablar de ellas —dijo Chico Chandler.

Ignatius Gallaher se tomó su bebida y meneó la cabeza.

—Tú dirás lo que quieras, pero no hay mujeres como las parisinas por su estilo y su soltura.

—Entonces es una ciudad inmoral —insistió con timidez Chico Chandler—. Quiero decir, si se compara con Londres o con Dublín.

—¡Londres! —dijo Ignatius Gallaher—. Eso está a media mitad de una cosa y a tres cuartos de la otra. Pregúntale a Hogan, amigo. Le enseñé un poco de Londres cuando fue. Él te abrirá los ojos. Tommy, chico, que no es ponche, es whisky. Tómatelo de un trago.

—De verdad, no…

—Ah, venga, que uno más no te va a matar. ¿Qué va a ser? Lo mismo, supongo.

—Bueno… vaya…

—François, otro aquí. ¿Un puro, Tommy?

Ignatius Gallaher sacó su petaca. Los dos amigos encendieron sus cigarros y fumaron sin hablar hasta que llegaron las bebidas.

—Te daré mi opinión —dijo Ignatius Gallaher, tras emerger de las nubes de humo en las que se había refugiado—, el mundo es raro. ¡Inmoralidades! He oído casos…, pero ¿qué digo? Conozco casos de… inmoralidad…

Ignatius Gallaher chupó pensativo su cigarro y luego, con el tono sereno del historiador, le trazó a su amigo la imagen de la degeneración reinante en el extranjero. Repasó los vicios de muchas capitales europeas y parecía decantarse por darle el premio a Berlín. No podía dar fe de muchas cosas (pues se las contaron amigos), pero de otras tenía experiencia personal. No

---

[11] Termino francés que se utilizaba para denominar a las prostitutas de lujo en el siglo XIX.

se dejó clases ni linaje. Reveló secretos de las órdenes religiosas del continente y describió muchas prácticas en boga entre la alta sociedad, terminando por contarle, sin omitir detalle, la historia de una duquesa inglesa que sabía de buena tinta que era cierta. Chico Chandler se quedó de piedra.

—Ah, bien —dijo Ignatius Gallaher—, aquí estamos en el viejo Dublín, donde todos están en la inopia.

—¡Te debe parecer muy aburrido —terció Chico Chandler—, con todos esos lugares que conoces!

—Bueno, ya sabes —repuso Ignatius Gallaher—, es un alivio volver. Al fin y al cabo, es el terruño, como dicen, ¿verdad? No puedes evitar quererlo. Es muy humano. Pero cuéntame algo de ti. Hogan me dijo que habías… probado las delicias del matrimonio. Hace dos años, ¿sí?

Chico Chandler se ruborizó y sonrió.

—Sí —contestó—. En mayo pasado hizo dos años.

—Espero que no sea demasiado tarde para brindarte mis mejores deseos —dijo Ignatius Gallaher—. No sabía tus señas o lo habría hecho entonces.

Extendió una mano y Chico Chandler la estrechó.

—Bueno, Tommy —dijo—, os deseo a ti y a los tuyos lo mejor en esta vida, chico. Que tengas dinero a espuertas y que vivas hasta el día que yo te pegue un tiro. Son los deseos de un viejo y sincero amigo, ya sabes.

—Lo sé —comentó Chico Chandler.

—¿Algún niño? —preguntó Ignatius Gallaher. Chico Chandler se sonrojó de nuevo.

—Solo tenemos uno —dijo.

—¿Niño o niña?

—Un niño.

Ignatius Gallaher le dio una sonora palmada a su amigo en la espalda.

—Bravo, Tommy —lo felicitó—. Jamás lo puse en duda.

Chico Chandler sonrió, miró confusamente su vaso y se mordió el labio inferior con tres incisivos infantiles.

—Espero que vengas a cenar con nosotros antes de que te vayas —dijo—. A mi mujer le encantaría conocerte. Podríamos tocar un poco de música y...

—Muchas gracias, chico —dijo Ignatius Gallaher—. Lamento no habernos visto antes. Pero tengo que irme mañana por la noche.

—¿Podría ser esta noche...?

—Lo siento mucho, chico. Ya ves que ando con otro tipo, muy listo, y quedamos para una partida de cartas. Si no fuese por eso...

—Bueno, en ese caso...

—Pero ¿quién sabe? —dijo con educación Ignatius Gallaher—. Quizá el próximo año me acerque ahora que he roto el hielo. Vamos a aplazar la ocasión.

—Muy bien, la próxima vez que vengas tenemos que pasar la noche juntos —dijo Chico Chandler—. ¿De acuerdo?

—De acuerdo, sí —dijo Ignatius Gallaher—. El próximo año, vengo, *parole d'honneur*.[12]

—Y para zanjar el asunto, tomaremos otro —dijo Chico Chandler.

Ignatius Gallaher sacó un reloj de oro y lo consultó.

—¿Va a ser la última? —preguntó—. Porque sabes que tengo una cita.

—Oh, sí, claro —dijo Chico Chandler.

—Entonces, bien —repuso Ignatius Gallaher—, vamos a echarnos otra como *deoch an doirus*,[13] que quiere decir un buen whisky en el idioma nativo, creo.

Chico Chandler pidió los tragos. El color que le había subido al rostro hacía unos momentos ahora era permanente. Cual-

---

[12] Palabra honor. En francés en el original.
[13] Bebida en la puerta en idioma gaélico escocés.

quier cosa lo hacía enrojecer. Ahora se sentía acalorado y excitado. Los tres whiskies se le habían subido a la cabeza y el puro de Gallaher lo ofuscó, pues era delicado y abstemio. La emoción de ver a Gallaher tras ocho años, de verse con Gallaher en Corless's, rodeados por esa luz y ese ruido, de escuchar las historias de Gallaher y de compartir durante unos instantes su vida itinerante y triunfadora, alteró el equilibrio de su naturaleza sensible. Sintió vivamente el contraste entre su vida y la de su amigo, y se le antojó injusto. Gallaher estaba por debajo de él en cuanto a nacimiento y cultura. Sabía que podía hacer cualquier cosa mejor que su amigo, algo superior al simple periodismo vulgar si le brindaban una oportunidad. ¿Qué se interponía en su camino? ¡Su dichosa timidez! Quería hacerse valer de alguna forma, reivindicar su hombría. Podía ver lo que había tras la negativa de Gallaher a aceptar su invitación. Gallaher le perdonaba la vida con su camaradería, como se la perdonaba a Irlanda con su visita.

El camarero les trajo la bebida. Chico Chandler empujó un vaso hacia su amigo y tomó el otro con resolución.

—¿Quién sabe? —exclamó al levantar el vaso—. Quizá cuando vengas el próximo año tenga el placer de desear una larga vida feliz a los señores Gallaher.

Ignatius Gallaher, a punto de tomarse su trago, le hizo un guiño expresivo sobre el vaso. Cuando bebió, chasqueó los labios sonoramente, dejó el vaso y dijo:

—No hay que temer por ese lado, chico. Voy a ver mundo y a vivir la vida un poco antes de meter la cabeza en el pozo… si es que lo hago.

—Ya lo harás —dijo con calma Chico Chandler.

Ignatius Gallaher contempló la corbata anaranjada y los ojos color pizarra de su amigo.

—¿Eso crees? —preguntó.

—Meterás la cabeza en el pozo —repitió con empeño Chico Chandler—, como todo el mundo si es que encuentras una mujer.

Había incidido en el tono y notó que acababa de traicionarse. Sin embargo, aunque el color le subiese al rostro, no desvió los ojos de la insistente mirada de su amigo. Ignatius Gallaher lo observó unos instantes y dijo:

—Si llega a suceder, puedes apostar todo lo que no tienes que no será con claros de luna y miradas enamoradas. Pienso casarme por dinero. Ella deberá tener una buena cuenta en el banco o nada.

Chico Chandler meneó la cabeza.

—Pero, venga —dijo Ignatius Gallaher con vehemencia-, ¿quieres que te diga algo? Solo tengo que decir que sí y mañana mismo puedo conseguir las dos cosas. ¿No me crees? Pues lo sé de buena tinta. Hay cientos, ¿cómo que cientos?, miles de alemanas ricas y de judías que nadan en dinero, que lo que más querrían… Espera un poco, amigo, y verás si no juego mis cartas como Dios manda. Cuando yo me propongo algo, lo consigo. Espera un poco.

Se acercó el vaso a los labios, apuró el trago y rio a carcajadas. Luego, miró ensimismado al frente y dijo con más calma:

—Pero no tengo prisa. Ellas pueden esperar. No tengo ganas de atarme a nadie. Lo sabes.

Hizo como si tragase y torció el gesto.

—Al final siempre sabe a rancio, me parece —dijo.

***

Chico Chandler estaba sentado en la habitación del pasillo con el niño en brazos. No tenían criados para ahorrar, pero la hermana pequeña de Annie, Mónica, venía más o menos una hora por la mañana y otra hora por la noche para ayudar. Pero hacía rato que Mónica se había marchado. Eran las nueve menos cuarto. Chico Chandler llegó tarde para merendar y, es más, olvidó traerle a Annie el paquete de azúcar de Bewley's. Ella se enfadó y le contestó de malos modos. Dijo que podía aguantar sin tomar té, pero cuando llegó la hora de cerrar la tienda de la esquina, decidió ir ella misma por medio cuarto de kilo de té y un kilo de azúcar. Le colocó diestramente al niño dormido en los brazos y le dijo:

—Aquí está, que no se despierte.

Sobre la mesa reposaba una lamparita con la pantalla de porcelana blanca, cuya luz incidía sobre una foto en un marco de cuerno arrugado. Era una instantánea de Annie. Chico Chandler la miró y se fijó en los delgados labios fruncidos. Llevaba la blusa celeste de verano que le trajo de regalo un sábado. Le había costado diez chelines con once peniques. ¡Pero qué nervios le supuso! Cómo sufrió aquel día aguardando a que se vaciase la tienda, de pie frente al mostrador, tratando de parecer sereno mientras la vendedora apilaba delante de él las blusas, pagando en la caja y olvidándose de recoger el penique del cambio, que había tenido que ir a buscar la cajera, y tratando por fin de ocultar su rubor cuando salía de la tienda, observando el paquete para comprobar si estaba bien atado. Cuando le trajo la blusa, Annie lo besó y le dijo que era preciosa y a la moda. Sin embargo, cuando le confesó el precio, tiró la blusa sobre la mesa diciendo que era un robo pedir diez chelines con once por aquello. Al principio quería devolverla, pero quedó encantada cuando se la probó, sobre todo con la hechura de las mangas y le dio otro beso, susurrándose que era un cielo al acordarse de ella.

¡Hum!...

Miró con frialdad los ojos del retrato y ellos le devolvieron con desapego la mirada. Eran bonitos y la cara, también. Pero había algo mezquino en ella. ¿Por qué eran tan de señora altiva? El decoro de aquellos ojos lo irritaba. Le daban repelús y lo retaban. Carecían de pasión, de arrebato. Pensó en lo que dijo

Gallaher de las judías ricas. Esos ojos negros y orientales, pensó, tan ardientes, con deseos sensuales… ¿Por qué se había casado con esos ojos de la foto?

Se sorprendió al formularse aquella pregunta y miró, nervioso, la habitación. Encontró algo mezquino en el bonito mobiliario adquirido a plazos. Annie lo escogió y los muebles se parecían a ella. Las piezas eran tan presuntuosas y bonitas como ella. Nació en él una sorda animosidad contra su vida. ¿Podría escapar de la casa? ¿Era tarde para vivir una vida aventurera como Gallaher? ¿Podría marcharse a Londres? Aún había que pagar los muebles. Ojalá pudiese escribir un libro y publicarlo. Quizá eso le abriese camino.

Sobre la mesa reposaba un volumen de poemas de Byron. Lo abrió con cuidado con la mano izquierda para no despertar al bebé y empezó a leer los primeros poemas del libro.

Quedó el viento y queda la vespertina cuita,
ni el más leve céfiro agita la enramada,
cuando veo de nuevo la tumba de mi Margarita
y extiendo las flores sobre la tierra amada.

Hizo una pausa y sintió la cadencia de los versos por la habitación. ¡Cuánta melancolía! ¿Podría escribir versos así también él y plasmar la melancolía de su alma en un poema? Había tanto que deseaba describir; por ejemplo, la sensación de unas horas atrás en el puente de Grattan. Ojalá pudiese retornar a aquel estado de ánimo…

El niño se despertó y se puso a llorar. Dejó la página para tratar de calmarlo, pero no se callaba. Empezó a acunarlo, pero sus chillidos se hicieron más penetrantes. Lo meció con más rapidez mientras sus ojos intentaban leer la segunda estrofa:

En esta angosta celda reposa la arcilla,
su arcilla que antaño...

Era inútil. No podía leer, ni hacer nada. Los gritos del niño le perforaban los tímpanos. ¡Era inútil! Estaba condenado a una cadena perpetua. Le temblaron los brazos de rabia y entonces, inclinándose sobre la carita del niño, le gritó:

—¡Ya basta!

El niño se calló un instante, tuvo un espasmo de miedo y gritó de nuevo. Se levantó de su silla de un brinco y dio vueltas apresuradas por la habitación con el niño en brazos. Sollozaba, se desmorecía cuatro o cinco segundos y comenzaba de nuevo. Los finos tabiques de la habitación retumbaban. Trató de calmarlo, pero sollozaba más y más. Miró la carita contraída y temblorosa del niño y empezó a alarmarse. Contó siete hipidos sin parar y, atemorizado, se llevó el niño al pecho. ¡Y si se moría!...

La puerta se abrió de golpe y entró corriendo una mujer joven jadeante.

—¿Qué ocurre? ¿Qué pasa? —exclamó.

El niño, al oír la voz de su madre, tuvo otro acceso de llanto.

—No es nada, Annie... nada... Se ha puesto a llorar.

Ella arrojó los paquetes al suelo y le arrancó el niño.

—¿Qué le has hecho? —gritó, echando chispas.

Chico Chandler le sostuvo la mirada un momento. El corazón se le encogió al ver odio en sus ojos y empezó a tartamudear. Sin prestarle atención, ella se puso a caminar por la habitación, estrechando al niño entre sus brazos y susurrando:

—¡Mi hombrecito! ¡Mi niño! ¿Te has asustado, mi amor? ¡Ay, amor! ¡Vaya! ¡Cosita! ¡Tesoro de mamá! ¡Vaya, vaya!

Chico Chandler sintió que sus mejillas se encendían de vergüenza y se alejó de la luz. Oyó cómo los accesos del niño iban a menos y unas lágrimas de culpa asomaron a sus ojos.

YZUR

Leopoldo Lugones

Compré el mono en el remate de un circo que había quebrado.

La primera vez que se me ocurrió tentar la experiencia a cuyo relato están dedicadas estas líneas, fue una tarde, leyendo, no sé dónde, que los naturales de Java atribuían la falta de lenguaje articulado en los monos a la abstención, no a la incapacidad. «No hablan —decían— para que no los hagan trabajar».

Semejante idea, nada profunda al principio, acabó por preocuparme hasta convertirse en este postulado antropológico:

Los monos fueron hombres que por una u otra razón dejaron de hablar. El hecho produjo la atrofia de sus órganos de fonación y de los centros cerebrales del lenguaje; debilitó casi hasta suprimirla la relación entre unos y otros, fijando el idioma de la especie en el grito inarticulado, y el humano primitivo descendió a ser animal.

Claro es que si llegara a demostrarse esto quedarían explicadas desde luego todas las anomalías que hacen del mono un ser tan singular; pero esto no tendría sino una demostración posible: volver el mono al lenguaje.

Entre tanto había corrido el mundo con el mío, vinculándolo cada vez más por medio de peripecias y aventuras. En Europa llamó la atención y, de haberlo querido, llego a darle la celebridad de un cónsul; pero mi seriedad de hombre de negocios mal se avenía con tales payasadas.

Trabajando por mi idea fija del lenguaje de los monos, agoté toda la bibliografía concerniente al problema, sin ningún resultado apreciable. Sabía únicamente, con entera seguridad, que no hay ninguna razón científica para que el mono no hable. Esto llevaba cinco años de meditaciones.

Yzur (nombre cuyo origen nunca pude descubrir, pues lo ignoraba igualmente su anterior patrón), Yzur era ciertamente un animal notable. La educación del circo, bien que reducida casi enteramente al mimetismo, había desarrollado mucho sus facultades; y esto era lo que me incitaba más a ensayar sobre él mi en apariencia disparatada teoría.

Por otra parte, sábese que el chimpancé (Yzur lo era) es entre los monos el mejor provisto de cerebro y uno de los más dóciles, lo cual aumentaba mis probabilidades. Cada vez que lo veía avanzar en dos pies, con las manos a la espalda para conservar el equilibrio, y su aspecto de marinero borracho, la convicción de su humanidad detenida se vigorizaba en mí.

No hay a la verdad razón alguna para que el mono no articule absolutamente. Su lenguaje natural, es decir, el conjunto de gritos con que se comunica a sus semejantes, es asaz variado; su laringe, por más distinta que resulte de la humana, nunca lo es tanto como la del loro, que habla sin embargo; y en cuanto a su cerebro, fuera de que la comparación con el de este último animal desvanece toda duda, basta recordar que el del idiota es también rudimentario, a pesar de lo cual hay cretinos que pronuncian algunas palabras. Por lo que hace a la circunvolución de Broca,[14] depende, es claro, del desarrollo total del cerebro; fuera de que no está probado que ella sea fatalmente el sitio de localización del lenguaje. Si es el caso de localización mejor establecido en anatomía, los hechos contradictorios son desde luego incontestables.

Felizmente los monos tienen, entre sus muchas malas condiciones, el gusto por aprender, como lo demuestra su tendencia

---

[14] La circunvolución o área de Broca es una sección del cerebro humano involucrada con la producción del lenguaje. Fue descubierta por el médico francés Paul Pierre Broca.

imitativa; la memoria feliz, la reflexión que llega hasta una profunda facultad de disimulo, y la atención comparativamente más desarrollada que en el niño. Es, pues, un sujeto pedagógico de los más favorables.

El mío era joven además, y es sabido que la juventud constituye la época más intelectual del mono, parecido en esto al negro. La dificultad estribaba solamente en el método que se emplearía para comunicarle la palabra. Conocía todas las infructuosas tentativas de mis antecesores; y está de más decir, que ante la competencia de algunos de ellos y la nulidad de todos sus esfuerzos, mis propósitos fallaron más de una vez, cuando el tanto pensar sobre aquel tema fue llevándome a esta conclusión:

Lo primero consiste en desarrollar el aparato de fonación del mono.

Así es, en efecto, como se procede con los sordomudos antes de llevarlos a la articulación; y no bien hube reflexionado sobre esto, cuando las analogías entre el sordomudo y el mono se agolparon en mi espíritu.

Primero de todo, su extraordinaria movilidad mímica que compensa al lenguaje articulado, demostrando que no por dejar de hablar se deja de pensar, así haya disminución de esta facultad por la paralización de aquella. Después otros caracteres más peculiares por ser más específicos: la diligencia en el trabajo, la fidelidad, el coraje, aumentados hasta la certidumbre por estas dos condiciones cuya comunidad es verdaderamente reveladora; la facilidad para los ejercicios de equilibrio y la resistencia al marco.

Decidí, entonces, empezar mi obra con una verdadera gimnasia de los labios y de la lengua de mi mono, tratándolo en esto como a un sordomudo. En lo restante, me favorecería el oído para establecer comunicaciones directas de palabra, sin necesidad de apelar al tacto. El lector verá que en esta parte prejuzgaba con demasiado optimismo.

Felizmente, el chimpancé es de todos los grandes monos el que tiene labios más movibles; y en el caso particular, habiendo padecido Yzur de anginas, sabía abrir la boca para que se la examinaran.

La primera inspección confirmó en parte mis sospechas. La lengua permanecía en el fondo de su boca, como una masa inerte, sin otros movimientos que los de la deglución. La gimnasia produjo luego su efecto, pues a los dos meses ya sabía sacar la lengua para burlar. Esta fue la primera relación que conoció entre el movimiento de su lengua y una idea; una relación perfectamente acorde con su naturaleza, por otra parte.

Los labios dieron más trabajo, pues hasta hubo que estirárselos con pinzas; pero apreciaba —quizá por mi expresión— la importancia de aquella tarea anómala y la acometía con viveza. Mientras yo practicaba los movimientos labiales que debía imitar, permanecía sentado, rascándose la grupa con su brazo vuelto hacia atrás y guiñando en una concentración dubitativa, o alisándose las patillas con todo el aire de un hombre que armoniza sus ideas por medio de ademanes rítmicos. Al fin aprendió a mover los labios.

Pero el ejercicio del lenguaje es un arte difícil, como lo prueban los largos balbuceos del niño, que lo llevan, paralelamente con su desarrollo intelectual, a la adquisición del hábito. Está demostrado, en efecto, que el centro propio de las inervaciones vocales se halla asociado con el de la palabra en forma tal que el desarrollo normal de ambos depende de su ejercicio armónico; y esto ya lo había presentido en 1785 Heinicke, el inventor del método oral para la enseñanza de los sordomudos, como una consecuencia filosófica. Hablaba de una «concatenación dinámica de las ideas», frase cuya profunda claridad honraría a más de un psicólogo contemporáneo.

Yzur se encontraba, respecto al lenguaje, en la misma situación del niño que antes de hablar entiende ya muchas palabras; pero era mucho más apto para asociar los juicios que debía poseer sobre las cosas, por su mayor experiencia de la vida.

Estos juicios, que no debían ser solo de impresión, sino también inquisitivos y disquisitivos, a juzgar por el carácter diferencial que asumían, lo cual supone un raciocinio abstracto, le daban un grado superior de inteligencia muy favorable por cierto a mi propósito.

Si mis teorías parecen demasiado audaces, basta con reflexionar que el silogismo, o sea el argumento lógico fundamental, no es extraño a la mente de muchos animales. Como que el silogismo es originariamente una comparación entre dos sensaciones. Si no, ¿por qué los animales que conocen al hombre huyen de él, y no los que nunca le conocieron?...

Comencé, entonces, la educación fonética de Yzur.

Tratábase de enseñarle primero la palabra mecánica, para llevarlo progresivamente a la palabra sensata.

Poseyendo el mono la voz, es decir, llevando esto de ventaja al sordomudo, con más ciertas articulaciones rudimentarias, tratábase de enseñarle las modificaciones de aquella, que constituyen los fonemas y su articulación, llamada por los maestros estática o dinámica, según que se refiera a las vocales o a las consonantes.

Dada la glotonería del mono, y siguiendo en esto un método empleado por Heinicke con los sordomudos, decidí asociar cada vocal con una golosina: a con papa; e con leche; i con vino; o con coco; u con azúcar, haciendo de modo que la vocal estuviese contenida en el nombre de la golosina, ora con dominio único y repetido como en papa, coco, leche, ora reuniendo los dos acentos, tónico y prosódico, es decir, como fundamental: vino, azúcar.

Todo anduvo bien, mientras se trató de las vocales, o sea los sonidos que se forman con la boca abierta. Yzur los aprendió en quince días. Solo que a veces, el aire contenido en sus abazones les daba una rotundidad de trueno. La u fue lo que más le costó pronunciar.

Las consonantes me dieron un trabajo endemoniado, y a poco hube de comprender que nunca llegaría a pronunciar aquellas en cuya formación entran los dientes y las encías. Sus largos colmillos y sus abazones, lo estorbaban enteramente.

El vocabulario quedaba reducido, entonces a las cinco vocales, la b, la k, la m, la g, la f y la c, es decir todas aquellas consonantes en cuya formación no intervienen sino el paladar y la lengua.

Aun para esto no me bastó el oído. Hube de recurrir al tacto como un sordomudo, apoyando su mano en mi pecho y luego en el suyo para que sintiera las vibraciones del sonido.

Y pasaron tres años, sin conseguir que formara palabra alguna. Tendía a dar a las cosas, como nombre propio, el de la letra cuyo sonido predominaba en ellas. Esto era todo.

En el circo había aprendido a ladrar como los perros, sus compañeros de tarea; y cuando me veía desesperar ante las vanas tentativas para arrancarle la palabra, ladraba fuertemente como dándome todo lo que sabía. Pronunciaba aisladamente las vocales y consonantes, pero no podía asociarlas. Cuando más, acertaba con una repetición de pes y emes.

Por despacio que fuera, se había operado un gran cambio en su carácter. Tenía menos movilidad en las facciones, la mirada más profunda, y adoptaba posturas meditativas. Había adquirido, por ejemplo, la costumbre de contemplar las estrellas. Su sensibilidad se desarrollaba igualmente; íbasele notando una gran facilidad de lágrimas. Las lecciones continuaban con inquebrantable tesón, aunque sin mayor éxito. Aquello había llegado a convertirse en una obsesión dolorosa, y poco a poco sentíame inclinado a emplear la fuerza. Mi carácter iba agriándose con el fracaso, hasta asumir una sorda animosidad contra Yzur. Este se intelectualizaba más, en el fondo de su mutismo rebelde, y empezaba a convencerme de que nunca lo sacaría de allí, cuando supe de golpe que no hablaba porque no quería. El cocinero, horrorizado, vino a decirme una noche que había sorprendido al mono «hablando verdaderas palabras». Estaba, según su narración, acurrucado junto a una higuera de la huerta; pero el terror le impedía recordar lo esencial de esto, es decir, las palabras. Solo creía retener dos: cama y pipa. Casi le doy de puntapiés por su imbecilidad.

No necesito decir que pasé la noche poseído de una gran emoción; y lo que en tres años no había cometido, el error que todo lo echó a perder, provino del enervamiento de aquel desvelo, tanto como de mi excesiva curiosidad.

En vez de dejar que el mono llegara naturalmente a la manifestación del lenguaje, llamele al día siguiente y procuré imponérsela por obediencia.

No conseguí sino las pes y las emes con que me tenía harto, las guiñadas hipócritas y —Dios me perdone— una cierta vislumbre de ironía en la azogada ubicuidad de sus muecas.

Me encolericé, y sin consideración alguna, le di de azotes. Lo único que logré fue su llanto y un silencio absoluto que excluía hasta los gemidos.

A los tres días cayó enfermo, en una especie de sombría demencia complicada con síntomas de meningitis. Sanguijuelas, afusiones frías, purgantes, revulsivos cutáneos, alcoholaturo de brionia, bromuro —toda la terapéutica del espantoso mal le fue aplicada—. Luché con desesperado brío, a impulsos de un remordimiento y de un temor. Aquel por creer a la bestia una víctima de mi crueldad; este por la suerte del secreto que quizá se llevaba a la tumba.

Mejoró al cabo de mucho tiempo, quedando, no obstante, tan débil, que no podía moverse de su cama. La proximidad de la muerte habíalo ennoblecido y humanizado. Sus ojos llenos de gratitud, no se separaban de mí, siguiéndome por toda la habitación como dos bolas giratorias, aunque estuviese detrás de él; su mano buscaba las mías en una intimidad de convalecencia. En mi gran soledad, iba adquiriendo rápidamente la importancia de una persona.

El demonio del análisis, que no es sino una forma del espíritu de perversidad, impulsábame, sin embargo, a renovar mis experiencias. En realidad el mono había hablado. Aquello no podía quedar así.

Comencé muy despacio, pidiéndole las letras que sabía pronunciar. ¡Nada! Dejelo solo durante horas, espiándolo por un agujerillo del tabique. ¡Nada! Hablele con oraciones breves, procurando tocar su fidelidad o su glotonería. ¡Nada! Cuando aquellas eran patéticas, los ojos se le hinchaban de llanto. Cuando le decía una frase habitual, como el «yo soy tu amo» con que empezaba todas mis lecciones, o el «tú eres mi mono» con que completaba mi anterior afirmación, para llevar a un espíritu la certidumbre de una verdad total, él asentía cerrando los párpados; pero no producía sonido, ni siquiera llegaba a mover los labios.

Había vuelto a la gesticulación como único medio de comunicarse conmigo; y este detalle, unido a sus analogías con los sordomudos, hacía redoblar mis preocupaciones, pues nadie ignora la gran predisposición de estos últimos a las enfermedades mentales. Por momentos deseaba que se volviera loco, a ver si el delirio rompía al fin su silencio. Su convalecencia seguía estacionaria. La misma flacura, la misma tristeza. Era evidente que estaba enfermo de inteligencia y de dolor. Su unidad orgánica habíase roto al impulso de una celebración anormal y, día más, día menos, aquel era caso perdido. Más, a pesar de la mansedumbre que el progreso de la enfermedad aumentaba en él, su silencio, aquel desesperante silencio provocado por mi exasperación, no cedía. Desde un oscuro fondo de tradición petrificada en instinto, la raza imponía su milenario mutismo al animal, fortaleciéndose de voluntad atávica en las raíces mismas de su ser. Los antiguos hombres de la selva, que forzó al silencio, es decir, al suicidio intelectual, quién sabe qué bárbara injusticia, mantenían su secreto formado por misterios de bosque y abismos de prehistoria, en aquella decisión ya inconsciente, pero formidable con la inmensidad de su tiempo. Infortunios del antropoide retrasado en la evolución cuya delantera tomaba el humano con un despotismo de sombría barbarie, habían, sin duda, destronado a las grandes familias cuadrumanas del dominio arbóreo de sus primitivos edenes, raleando sus filas, cautivando sus hembras para organizar la esclavitud desde el propio vientre materno, hasta infundir a su impotencia de vencidas el acto de dignidad mortal que las llevaba a romper con el enemigo el vínculo superior también, pero infausto, de la palabra, refugiándose como salvación suprema en la noche de la animalidad.

Y qué horrores, qué estupendas sevicias no habrían cometido los vencedores con la semibestia en trance de evolución, para que esta, después de haber gustado el encanto intelectual que es el fruto paradisíaco de las biblias, se resignara a aquella claudicación de su extirpe en la degradante igualdad de los inferiores; a aquel retroceso que cristalizaba por siempre su inteligencia en los gestos de un automatismo de acróbata; a aquella gran cobardía de la vida que encorvaría eternamente, como en distintivo bestial, sus espaldas de dominado, imprimiéndole ese melancólico azoramiento que permanece en el fondo de su caricatura.

He aquí lo que, al borde mismo del éxito, había despertado mi malhumor en el fondo del limbo atávico. A través del millón de años, la palabra, con su conjuro, removía la antigua alma simiana; pero contra esa tentación que iba a violar las tinieblas de la animalidad protectora, la memoria ancestral, difundida en la especie bajo un instintivo horror, oponía también edad sobre edad como una muralla.

Yzur entró en agonía sin perder el conocimiento. Una dulce agonía a ojos cerrados, con respiración débil, pulso vago, quietud absoluta, que solo interrumpía para volver de cuando en cuando hacia mí, con una desgarradora expresión de eternidad, su cara de viejo mulato triste. Y la última noche, la tarde de su muerte, fue cuando ocurrió la cosa extraordinaria que me ha decidido a emprender esta narración.

Habíame dormitado a su cabecera, vencido por el calor y la quietud del crepúsculo que empezaba, cuando sentí de pronto que me asían por la muñeca.

Desperté sobresaltado. El mono, con los ojos muy abiertos, se moría definitivamente aquella vez, y su expresión era tan humana, que me infundió horror; pero su mano, sus ojos, me atraían con tanta elocuencia hacia él, que hube de inclinarme de inmediato a su rostro; y entonces, con su último suspiro, el último suspiro que coronaba y desvanecía a la vez mi esperanza, brotaron —estoy seguro—, brotaron en un murmullo (¿cómo explicar el tono de una voz que ha permanecido sin hablar diez mil siglos?) estas palabras cuya humanidad reconciliaba las especies:

—AMO, AGUA, AMO, MI AMO...

LA NIÑA DE LOS FÓSFOROS

Hans Christian Andersen

¡Qué frío hacía! Nevaba y ya estaba casi oscuro. Era la última noche del año, Nochevieja. Bajo aquel frío y en la oscuridad, caminaba por la calle una pobre niña, descalza y con la cabeza descubierta. Lo cierto es que, al salir de casa, llevaba unas zapatillas, pero ¿de qué le sirvieron? Eran las que su madre había llevado y a ella le quedaban tan grandes que las perdió al cruzar corriendo la calle para esquivar dos carruajes que venían a toda velocidad. No pudo encontrar una de sus zapatillas, la otra se la había puesto un golfillo que dijo que le serviría de cuna cuando tuviese hijos. Y así la pobre niña iba descalza con los piececitos desnudos completamente amoratados por el frío. En un viejo delantal llevaba varias cajitas de cerillas y otra en una mano. En todo el día nadie le había comprado nada, ni le había dado una mísera moneda.

Tiritando de frío y muerta de hambre caminaba a rastras, ¡como un retrato viviente de la miseria! Los copos de nieve caían sobre su largo cabello rubio, cuyos hermosos rizos le cubrían el cuello. Brillaban las luces en todas las ventanas y en el aire flotaba un delicioso aroma a ganso asado. ¡En eso pensaba ella en aquel momento!

En un ángulo formado por dos casas, una más saliente que la otra, se sentó en el suelo y se acurrucó, encogiendo los piececitos todo lo posible. El frío iba invadiéndola y, por otra parte, no se atrevía a regresar a casa, pues no había vendido una sola cerilla, ni había recogido una mala moneda. Su padre le pegaría. Además, en casa hacía frío también, pues solo los cobijaba el tejado, y el viento se colaba por todas partes pese a la paja y a los trapos con que habían tapado las rendijas más grandes.

Tenía las manitas ateridas de frío. ¡Oh, una cerilla seguramente la calentaría! ¡Ojalá pudiese sacar una sola de la cajita, rascarla contra la pared y calentarse los dedos! Y sacó una... ¡Ras! ¡Cómo chispeó y cómo quemaba! Dio una llama clara, cálida, como una lucecita, cuando la envolvió con la manita. Fue una luz maravillosa. Le pareció estar sentada junto a una gran estufa de hierro, con pies y una campana de latón bruñido. El fuego ardía en su interior y ¡calentaba tan bien! La niña alargó los pies para calentárselos, pero la llama se apagó, la estufa desapareció y ella se quedó sentada, con el resto de la cerilla carbonizada en la mano.

Rascó otra cerilla contra la pared. Al arder y proyectar su luz, volvió la pared transparente como si fuese de gasa, y la niña pudo ver el interior de una habitación donde estaba la mesa puesta, cubierta con un blanco mantel y brillante porcelana. Un ganso asado humeaba deliciosamente, relleno de ciruelas pasas y manzanas. Y lo mejor es que el ave saltó de la fuente y, contoneándose por el suelo con un tenedor y un trinchador en el lomo, se dirigió hacia la pobre niña. Pero entonces se apagó la cerilla, dejando solo visible la gruesa y fría pared. Encendió otra cerilla y se vio sentada debajo de un precioso árbol de Navidad. Era más alto y aún más bonito que el que vio la pasada Nochebuena, a través de la puerta cristalera de la casa del rico comerciante. Cientos de velitas ardían en las ramas verdes, y de estas colgaban estampitas de colores como las que adornaban los escaparates. La pequeña levantó los bracitos y... entonces se apagó la cerilla. Pero las lucecitas de Navidad ascendieron y ella se dio cuenta de que eran las estrellas del cielo. Una de ellas cayó trazando en el firmamento una larga estela de fuego.

«Alguien se está muriendo», pensó la niña, pues su abuela, la única persona que la había querido y que ya había muerto, le había dicho que cuando una estrella cae un alma va hacia Dios.

Rascó una nueva cerilla contra la pared. El espacio se iluminó de inmediato y apareció su anciana abuela, radiante, dulce y cariñosa.

—¡Abuela! —exclamó la niña—. ¡Llévame, contigo! Sé que desaparecerás cuando se apague la cerilla. Lo harás como la estufa, el asado y el árbol de Navidad.

Se apresuró a encender las cerillas que quedaban, deseosa de no perder a su abuela, y las cerillas brillaron con una luz más clara que la del pleno día. Nunca su abuela había sido tan alta y hermosa. Tomó entonces a la niña por el brazo y, envueltas las dos en un gran resplandor, henchidas de gozo, volaron hacia las alturas sin que la niña sintiese el frío, el hambre o el miedo. Estaban en la casa de nuestro Señor.

Pero en la esquina de la casa, la fría madrugada mostró a la niña. Tenía las mejillas cárdenas y en sus labios se dibujaba una sonrisa… Muerta, muerta de frío en la Nochevieja. La primera mañana del Nuevo Año iluminó el pequeño cadáver sentado con sus cerillas, un manojito que parecía consumido casi del todo.

—¡Quiso calentarse! —dijeron quienes la descubrieron.

Pero no imaginaron siquiera las maravillas que había visto, ni con qué alegría había subido acompañada de su abuela a la gloria del Año Nuevo.

ALYOSHA, EL CÁNTARO

Lev Tolstói

Alyosha era el menor de todos los hermanos. Lo llamaban «el cántaro», pues su madre en una ocasión lo había enviado con un cántaro de leche a la esposa del diácono, pero él tropezó con algo y lo rompió. Su madre le había propinado una buena tunda y los demás niños se habían burlado de él. Desde entonces lo apodaron «el cántaro».

Alyosha era pequeño y delgado, con unas orejotas como alas y una nariz enorme. «¡Alyosha tiene una nariz como la de un perro callejero», le decían los demás niños. Alyosha fue a la escuela del pueblo, pero no era capaz de aprenderse las lecciones y había muy poco tiempo para estudiar…

Su hermano mayor vivía en la ciudad y trabajaba para un comerciante, de manera que Alyosha tuvo que ayudar a su padre desde muy pequeño. Cuando tenía seis años solía salir con las mozas a vigilar las vacas y las ovejas en los prados y, poco después, lo pusieron a cuidar de los caballos de día y de noche. A los doce años ya había empezado a arar y a guiar el carro. Tenía la habilidad ahí, pero no la fuerza. Siempre estaba alegre. Cuando los niños se burlaban de él, se reía o se quedaba callado. Cuando su padre lo reñía, se quedaba en silencio y atendía, y apenas terminaba la regañina, sonreía y seguía con su trabajo.

Alyosha tenía diecinueve años cuando reclutaron a su hermano como soldado. Su padre lo puso entonces de recadero para un comerciante. Le entregaron las botas viejas de su hermano, el abrigo y la gorra viejos de su padre, y se marchó al pueblo. Alyosha estaba feliz con su ropa, pero al comerciante no le impresionaba su aspecto.

—Creí que me traerías un hombre en vez de un Simeón —dijo, mirando a Alyosha—. ¡Y vas y me traes ESTO! ¿Qué tiene de bueno este chico?

—Hace de todo. Cuida caballos y conduce. Es bueno para trabajar. Parece flaco, pero es lo bastante fuerte y tiene buena disposición.

—Eso sí que lo parece. De acuerdo, ya veremos qué se puede hacer con él.

Así pues, Alyosha se quedó con el comerciante.

La familia no era numerosa y la formaban la esposa del comerciante, su anciana madre, un hijo casado sin apenas estudios que estaba en el negocio de su padre, otro hijo, un erudito que había terminado la escuela e ido a la Universidad, pero vivía en casa porque lo habían expulsado, y una hija que aún iba a la escuela.

Al principio aceptaron de mal grado a Alyosha. Era ordinario, iba mal vestido y no tenía buenos modales, pero pronto se acostumbraron a él. Alyosha trabajaba aún mejor que su hermano y estaba realmente dedicado al trabajo. Lo enviaban a hacer toda clase de recados. Hacía todo rápida y fácilmente, pasando de una tarea a otra sin detenerse. Así pues, en casa del comerciante, como en la suya, todas las tareas caían sobre sus espaldas. Cuanto más hacía, más le encargaban. Su amo, su anciana madre, el hijo, la hija, el empleado y la cocinera, todos le daban órdenes y lo enviaban de la ceca a la meca.

«¡Alyosha, haz esto! ¡Alyosha, haz aquello! ¡Qué! ¿Te has olvidado, Alyosha? ¡Que no se te olvide, Alyosha!» se oía desde la mañana hasta la noche. Y Alyosha corría de aquí para allá, cuidaba de esto y aquello, no olvidaba nada, encontraba tiempo para todo y siempre estaba jovial.

Pronto se desgastaron las viejas botas de su hermano, y su amo lo reprendió por ir astroso, con los dedos de los pies fuera. Ordenó que le compraran otro par en el mercado. Alyosha estaba feliz con sus botas nuevas, pero se enfadaba con sus pies cuando le dolían al final de la jornada después de correr sin parar. Entonces temió que su padre se enojase cuando fuese al pueblo a cobrar su salario y se enterase de que su amo había descontado el precio de las botas.

En el invierno, Alyosha solía levantarse antes del alba. Partía la leña, barría el jardín, apacentaba a las vacas y los caballos, encendía las estufas, lustraba las botas, preparaba los samovares y luego les sacaba brillo. Después el dependiente le pedía que trajese las mercancías. Más tarde la cocinera lo ponía a amasar el pan y a fregar las cacerolas. A continuación, lo mandaban a la ciudad a hacer recados, a llevar a la hija de la escuela a casa o a comprar un poco de aceite de oliva para la anciana madre. «¿Por qué demonios has tardado tanto?» lo recriminaba primero uno y, luego otro, decía: «¿Por qué debería ir? Alyosha puede hacerlo».

«¡Alyosha! ¡Alyosha!» Y Alyosha corría de aquí para allá. Desayunaba mientras trabajaba y rara vez conseguía cenar a su hora. La cocinera solía reñirlo por llegar tarde, pero aun así se compadecía de él y le dejaba algo caliente para cenar.

En época de vacaciones era cuando más trabajo había, pero a Alyosha le gustaban esos días porque todos le daban alguna propina. Es verdad que era poco, pero equivaldría a unos sesenta kopeks. Era dinero suyo, ya que Alyosha jamás veía su salario. Su padre solía venir para que se lo entregase el comerciante y se limitaba a reprender a Alyosha por gastar sus botas.

Cuando hubo ahorrado dos rublos, aconsejado por la cocinera, se compró una chaqueta roja de lana y se alegró tanto que no pudo cerrar la boca de alegría. Alyosha no era parlanchín, pero cuando hablaba lo hacía a conciencia.

Cuando le decían que hiciese algo o le preguntaban si podía hacerlo, decía que sí sin titubear y se ponía manos a la obra sin dilación. Alyosha no se sabía ninguna oración y había olvidado lo que le había enseñado su madre. Aun así, rezaba cada mañana y cada noche juntando las manos y santiguándose.

Vivió de este modo durante casi un año y medio hasta que cuando terminaba el segundo año le ocurrió algo de lo más curioso. Un día, para su gran sorpresa, descubrió que, además de la relación de utilidad que se da entre las personas, también existía otra. Se trataba de una relación concreta de muy distinta índole. En vez de quererse a un hombre para que lustre botas, haga recados y enganche a los caballos, no se desea que sirva para nada y, pese a ello, otro ser humano quiere servirle y acariciarlo. Alyosha sintió de pronto que era uno de esos hombres.

Descubrió esto gracias a la cocinera Ustinia, una joven huérfana que trabajaba tan duro como Alyosha. Por primera vez en su vida comprendió que él, no los servicios que prestaba, sino él mismo, le era necesario a otro ser humano. Cuando su madre se compadecía de él, él nunca se fijó en ella. Le había parecido algo natural, como si se compadeciese de sí mismo. Pero apareció Ustinia, una desconocida, que lo compadecía. Le guardaba un poco de avena caliente y se sentaba a mirarlo con la barbilla apoyada en el brazo arremangado mientras él se la comía. Cuando la miraba, ella reía y él también.

Aquello era tan nuevo y extraño para él que se asustó. Temía que pudiese interferir en su trabajo. Sin embargo, estaba contento. Cuando miraba los pantalones que le había remendado Ustinia, meneaba la cabeza y sonreía. A menudo pensaba en ella mientras trabajaba o cuando hacía recados. «¡Qué buena chica esta Ustinia!», exclamaba en ocasiones.

Ustinia le ayudaba siempre que podía, y él hacía lo mismo con ella. Ella le contó su vida: cómo había perdido a sus padres, que su tía la acogió y le encontró un trabajo en el pueblo, que el hijo del amo había tratado de propasarse con ella y cómo ella le había parado los pies.

A ella le gustaba hablar y a Alyosha, escucharla. Había oído que los campesinos que iban a trabajar a la ciudad a menudo se casaban con sirvientas. En cierta ocasión ella le preguntó si sus padres pensaban casarlo. Él respondió que no lo sabía y que no quería casarse con ninguna de las mozas del pueblo.

—¿Entonces es que te has enamorado de alguien?

—Me casaría contigo, si quisieras.

—¡Anda ya, Alyosha el cántaro! Has encontrado tu lengua, ¿verdad? —exclamó ella dándole en la espalda con un trapo que llevaba en la mano—. ¿Por qué no?

El padre de Alyosha fue a la ciudad de Shrovetide por su salario. Sin embargo, sucedió que la esposa del comerciante había oído que Alyosha quería casarse con Ustinia y no lo aprobaba. «¿De qué nos serviría ella con un bebé?», pensó e informó a su marido.

El comerciante entregó el salario al padre de Alyosha.

—¿Cómo va mi chico? —preguntó—. Ya te dije que es muy dispuesto.

—Está bien de momento, pero se le ha metido una especie de bobada entre ceja y ceja. Quiere casarse con nuestra cocinera. No apruebo a los sirvientes casados. Si se casan, los echaremos a los dos.

—Bueno, ¿quién habría dicho que el tonto pensaría algo así? —exclamó el anciano—. Tranquilo, que esto lo arreglo yo.

Fue a la cocina y se sentó a la mesa a aguardar a Alyosha, que había salido a un recado y regresó sin aliento.

—Creí que tenías algo de sentido común, pero ¿qué es esto que se te ha metido en la cabeza? —comenzó su padre.

—Nada.

—¿Cómo que nada? Me han contado que quieres casarte. Te casarás cuando llegue el momento. Te buscaré una esposa decente y no una pobretona del pueblo.

Su padre se explayó mientras Alyosha callaba entre suspiros. Cuando su padre hubo terminado, Alyosha sonrió.

—Está bien. La dejaré.

—A eso lo yo llamo yo tener buen juicio.

Cuando se quedó a solas con Ustinia, le contó lo que había hablado con su padre. Ella lo había oído todo desde la puerta.

—No es bueno. No puede salir bien. ¿Has oído? Estaba enojado y no aceptará pase lo que pase.

Ustinia regó de lágrimas su delantal.

Alyosha negó con la cabeza.

—¿Qué se le va a hacer? Debemos hacer lo que nos dicen.

—Bueno, ¿vas a dejarte de esas tonterías como te ha dicho tu padre? —preguntó el ama mientras echaba los postigos aquella la noche.

—Por supuesto que lo haré —respondió Alyosha sonriendo y luego rompió a llorar.

Desde ese día, Alyosha siguió con sus tareas como de costumbre y no habló más con Ustinia de matrimonio. Un día, durante la Cuaresma, el dependiente le ordenó que quitase la nieve del tejado. Alyosha se subió allí y retiró toda la nieve. Mientras barría unos montones congelados del alero, perdió el pie, resbaló y cayó. Por desgracia, no aterrizó sobre la nieve, sino sobre un pedazo de hierro que había sobre la puerta.

Ustinia y la hija del comerciante acudieron corriendo.

—¿Te has hecho daño, Alyosha?

—¡Ah! No, no es nada.

Pero cuando intentó levantarse no pudo y empezó a sonreír.

Lo llevaron a la portería. El médico llegó, lo examinó y preguntó dónde le dolía.

—Me duele todo —respondió—. Pero no importa. Espero que el amo no se enfade. Debería decírselo a mi padre.

Alyosha guardó cama durante dos días. Al tercer día llamaron al pope.

—¿Vas a morirte de verdad? —le preguntó Ustinia.

—Claro que sí. Nadie puede vivir para siempre. Debes marcharte cuando llegue el momento —Alyosha habló rápidamente, como solía—. Ustinia, gracias por haber sido tan buena conmigo. ¡Es una suerte que no nos dejasen casarnos! ¿Dónde estaríamos ahora en esta situación? Es mucho mejor así.

Rezó con el pope, pero como siempre lo hizo con las manos y el corazón. Y en su corazón sintió que se estaría igual de bien en el cielo que cuando se está en este mundo obedeciendo y sin hacer daño a nadie.

Apenas habló, solo pidió algo de beber, y parecía que algo lo tenía pasmado.

Se asombró de algo, se estiró y expiró.

UNA AVENTURA

Sherwood Anderson

Alice Hindman contaba ya veintisiete años cuando George Willard aún era un muchacho y había pasado toda su vida en Winesburg. Era empleada de la tienda de alimentación de Winney, y vivía en casa de su madre, casada en segundas nupcias.

El padrastro de Alice, pintor de coches, bebía. Tenía una historia muy curiosa, que valdrá la pena ser contada algún día.

Con veintisiete años, Alice era una muchacha alta y más bien delgada. Su voluminosa cabeza era lo que más destacaba de su cuerpo. Era un poco cargada de espaldas y tenía los ojos y el cabello castaños. Era una mujer muy serena que, bajo su aspecto de placidez, ocultaba un volcán interior en continua erupción.

Alice había tenido un romance con un joven cuando ella era una mocita de dieciséis años. Por aquel entonces aún no había empezado a trabajar en la tienda. El joven, llamado Ned Currie, era mayor que ella. Al igual que George Willard trabajaba en el Winesburg Eagle y durante mucho tiempo casi todas las noches Alice y él se veían. Paseaban bajo los árboles por las calles del pueblo, charlando del rumbo que darían a sus vidas. Alice era entonces una jovencita preciosa y Ned Currie la estrechó entre sus brazos y la besó. Al hacerlo, se exaltó y dijo cosas que no pensaba. Ella también se emocionó porque la traicionó su deseo de que en su vida monótona penetrase un rayo de belleza. También habló, se resquebrajó la corteza exterior de su vida, toda la reserva y desconfianza propias de ella, y se entregó sin reservas a las emociones del amor. A finales del otoño, Ned Currie se fue a Cleveland con la esperanza de trabajar en un periódico de esa ciudad y hacer carrera. Ella, con sus dieciséis años, quería acompañarlo. Le confesó con voz trémula su pensamiento más íntimo.

—Trabajaré y tú también podrás trabajar —le dijo—. No quiero ser una carga inútil que te impida avanzar. No te cases conmigo ahora. De momento no lo haremos, aunque vivamos juntos. Nadie murmurará aunque vivamos bajo el mismo techo porque nadie nos conocerá en Cleveland, ni se fijará en nosotros.

Ned Currie se quedó desconcertado ante aquella decisión y entrega que le hacía su novia de su vida, pero también se sintió conmovido. Su primer deseo había sido convertirla en su amante, pero cambió de idea. Pensó en protegerla y cuidarla.

—No sabes lo que dices —repuso con aspereza—. Puedes estar segura de que no te permitiré que hagas algo así. En cuanto consiga un buen empleo, volveré. De momento tendrás que seguir aquí. Es todo lo que podemos hacer.

La víspera del día en iba a irse de Winesburg para comenzar su nueva vida en Cleveland, Ned Currie fue a buscarla. Anochecía. Pasearon por las calles durante una hora y después alquilaron un coche en las caballerizas de Wesley Moyer para dar un paseo por el campo. Salió la luna y no supieron qué decirse. La tristeza hizo olvidar al joven su resolución con respecto al modo de comportarse con ella.

Se apearon del coche junto a un extenso prado que llegaba hasta el cauce del Wine Creek. Allí, bajo la luz de la luna, se hicieron amantes. Cuando regresaron al pueblo, sobre la media noche, ambos estaban alegres. Se les antojaba que nada en el futuro podía suprimir la maravilla y la belleza de lo que acababa de suceder. Al despedirse de ella a la puerta de la casa de su padre, Ned Currie dijo:

—A partir de ahora tendremos que seguir unidos, pase lo que pase.

El joven periodista no encontró trabajo en Cleveland y continuó hacia el Oeste, hasta llegar a Chicago. Durante un tiempo acusó la soledad y escribía a diario a Alice. Pero la vida urbana lo envolvió en su vorágine. Fue haciendo amigos y descubrió nuevos motivos de atracción en la vida. En Chicago se alojaba en una pensión en donde vivían varias mujeres. Una de ellas lo cautivó y se olvidó de Alice, que había quedado en Winesburg. Antes de final de año dejó de escribir y solo se acordaba de ella muy de vez en cuando, si se sentía solo o si paseaba por alguno de los parques de la ciudad y veía la luz de la luna bañando la hierba, como aquella noche en el prado cercano al Wine Creek.

La joven de Winesburg, ya iniciada en el amor, creció hasta hacerse mujer. Al cumplir ella veintidós, murió repentinamente su padre, que tenía una guarnicionería. Como había sido soldado, su viuda empezó a cobrar al cabo de algunos meses una pensión. Invirtió el primer dinero percibido en comprar un telar para tejer alfombras. Alice consiguió un empleo en la tienda de Winney. Durante varios años nada fue capaz de hacerle creer que Ned Currie no regresaría para buscarla.

Le alegró tener que trabajar, porque la rutina de tienda de alimentos hacía menos largo y aburrido el tiempo de espera. Se puso a ahorrar dinero con la idea de viajar a Chicago en busca de su amor en cuanto hubiese reunido doscientos o trescientos dólares para tratar de reconquistar su cariño con su presencia.

Alice no culpaba a Ned Currie por lo sucedido en el campo, a la luz de la luna, pero tenía la impresión de que ya no podría casarse con otro hombre. Le parecía abominable la idea de darle a otro lo que ella creía que únicamente podía ser de Ned. Hizo caso omiso de otros jóvenes que quisieron llamar su atención. «Soy su mujer y continuaré siéndolo, tanto si regresa como si no», se decía y, por dispuesta que estuviese a barrer para dentro, no habría podido comprender el ideal, cada vez más extendido hoy, de una mujer dueña de su destino y persiguiendo su propia meta en la vida dando y recibiendo al mismo tiempo.

Alice trabajaba en la tienda de ocho de la mañana a seis de la tarde, y tres días a la semana regresaba para trabajar de siete a nueve. Según transcurría el tiempo y sentía cada vez más su soledad, comenzó a recurrir a los mismos hábitos que todas las personas solitarias. Por la noche, cuando subía a su dormitorio, se arrodillaba y rezaba, musitando en medio de sus rezos lo que le habría gustado decir a su amante. Se aficionó a los objetos inanimados y no dejaba que nadie tocase los muebles de su cuarto porque eran solamente suyos y de nadie más. Siguió ahorrando, incluso después de olvidar su propósito de ir a la ciudad en busca de Ned Currie.

Ahorrar se transformó para ella en un hábito adquirido. Si necesitaba comprarse ropa, no lo hacía. En ocasiones, durante las tardes de lluvia, sacaba en la tienda su libreta de ahorros, la abría y se pasaba las horas muertas soñando cosas imposibles para reunir una cantidad de dinero que bastasen para poder vivir de las rentas ella y su futuro marido.

«A Ned siempre le ha gustado recorrer el mundo —pensaba—. Le brindaré la oportunidad de hacerlo. Cuando estemos casados y pueda ahorrar el dinero de los dos, nos haremos ricos. Entonces los dos daremos la vuelta al mundo».

Y así pasaron las semanas, que se transformaron en meses, y los meses, en años, mientras Alice seguía esperando en la tienda, soñando con el regreso de su amor. Su patrón, un anciano canoso con dentadura postiza y un bigotito ralo, era poco hablador. En ocasiones, en los días de lluvia o en los de invierno en que se desencadenaba un temporal sobre Main Street, pasaban las horas sin que entrase nadie. Alice ordenaba y reordenaba el género de la tienda. Permanecía de pie junto al escaparate, desde donde podía vigilar la calle vacía, y pensaba en sus paseos nocturnos con Ned Currie y en las cosas que le había dicho él. «A partir de ahora tendremos que ser el uno del otro». Aquellas palabras resonaban una y otra vez en el cerebro de aquella mujer que iba cumpliendo años. Las lágrimas le bañaban los ojos. En ocasiones, cuando su jefe había salido y ella estaba sola en la tienda, apoyaba la cabeza en el mostrador y sollozaba.

—Ned, te estoy esperando —murmuraba sin cesar y el temor que se deslizaba dentro de ella de que no regresase fue ganando fuerza.

La región en torno a Winesburg es muy agradable durante la primavera, después de las lluvias invernales y antes de los tórridos días estivales. El pueblo está en medio de una llanura, pero más allá de los campos crecen encantadoras extensiones de bosques. En esas arboledas existen muchos rinconcitos recoletos, lugares sosegados a donde suelen acudir los enamorados las tardes de los domingos para sentarse. Entre los árboles se ve la llanura y, desde allí, a los granjeros trabajando en los corrales y a quienes viajan en carruaje por las carreteras. Repican las campanas en el pueblo y cada cierto tiempo pasa un tren que, visto desde lejos, parece un juguete.

Pasaron muchos años tras la partida de Ned Currie sin que Alice acudiese al bosque los domingos con otros jóvenes hasta que un día, años después de la marcha de Ned Currie, no pudo soportar su soledad, se puso su mejor ropa y salió del pueblo. Dio con un rinconcito abrigado desde donde podía ver el pueblo y una ancha faja de campo, y allí se sentó. Experimentó el temor de su edad y de la futilidad de cuanto hiciese. No pudo seguir allí sentada y se levantó. Ya de pie, al barrer con la mirada el paisaje, algo —quizá la idea de aquella vida que jamás cesaba a lo largo de la cadena de las estaciones del año— le hizo fijar la atención en el transcurso de los años. Supo que había perdido la belleza y la lozanía de la juventud. Aquello la estremeció. En aquel instante por primera vez sintió que la habían estafado. No culpaba a Ned Currie, ni sabía a quién culpar. Se sintió triste. Cayó de rodillas y quiso rezar, pero en lugar de oraciones sus labios profirieron palabras de protesta.

—Ya no volverá. No encontraré ya la felicidad. ¿Por qué me engaño a mí misma? —exclamó y se sintió presa de una rara sensación de alivio nacida de ese primer esfuerzo para enfrentarse al miedo, que se había convertido en una parte de su cotidianidad.

El año que Alice cumplió los veinticinco sucedieron dos cosas que rompieron la triste monotonía de su existencia.

Su madre se casó con Bush Milton, el pintor de coches de Winesburg, y ella ingresó en la congregación de la Iglesia Metodista. Alice se había incorporado a la iglesia porque había llegado a temer la soledad de su vida. El segundo matrimonio de su madre había recalcado más aún su aislamiento. «Estoy haciéndome vieja y rara. Si Ned vuelve, no me querrá. Los hombres de la ciudad donde está él viven en una juventud eterna. Pasan tantas cosas allí que no tienen tiempo de envejecer», se decía con una sonrisa de amargura y comenzó a relacionarse sin timidez con otras personas. Los martes por la noche, tras cerrar la tienda, acudía a una reunión religiosa que se celebraba en el sótano de la iglesia, y los domingos por la noche, iba a las reuniones de una sociedad llamada la Liga de Epworth.

Alice no se negó a que Will Hurley, un hombre de mediana edad, empleado de una droguería y que también era miembro de la iglesia, la acompañase hasta su casa. «Es evidente que no dejaré que se acostumbre a estar conmigo, pero no hay peligro en que venga de vez en cuando», pensó, decidida a guardarle la ausencia a Ned Currie.

Sin percatarse, Alice trataba de aferrarse de nuevo a la vida, débilmente al principio, pero luego con más fuerza. Caminaba en silencio junto al empleado de la droguería. Sin embargo, más de una vez, mientras caminaban como dos bobos, alargó la mano en la oscuridad para rozar los pliegues de su chaqueta. Cuando él se despedía frente a la puerta de la casa de su madre, en vez de entrar, ella se quedaba un rato junto a la puerta. Sentía deseos de llamar a aquel hombre y pedirle que se sentase con ella en la oscuridad del porche, pero temía que no la comprendiese. «No es a él a quien amo —se decía—. Lo que quiero es huir de mi soledad. Si no tomo precauciones, acabaré por no saber cómo tratar a la gente».

A principios del otoño en que cumpliría los veintisiete años, Alice fue presa de una desazón apasionada. No soportaba la compañía del empleado de la droguería y, cuando al atardecer llegaba para dar un paseo con ella, lo echaba. Su mente trabajaba con una actividad febril. Regresaba a casa fatigada tras horas y horas detrás del mostrador y se acostaba, pero no podía conciliar el sueño. Se quedaba allí, con los ojos abiertos como platos, queriendo atravesar la oscuridad. Su imaginación jugaba dentro del dormitorio como un niño que se despierta tras muchas horas de sueño. En lo más hondo de su ser algo no se dejaba engañar con quimeras y exigía a la vida una respuesta clara.

Alice agarró una almohada entre los brazos y la estrechó con fuerza contra su pecho. Saltó de la cama y arregló la manta de modo que, en la oscuridad, abultase como si hubiese alguien entre las sábanas. Se arrodilló junto a la cama y acarició el bulto, susurrando sin cesar como una matraca:

—¿Por qué no pasa nada imprevisto? ¿Por qué me dejan sola?

Aunque en ocasiones se acordaba de Ned Currie, lo cierto es que ya no contaba con él. Sus deseos se habían tornado confusos. No suspiraba por Ned Currie ni por ningún otro hombre en concreto. Quería que la amasen, que hubiese algo que respondiese a la llamada que nacía de su interior con más fuerza cada día.

Estando así las cosas, durante una noche de lluvia Alice tuvo una aventura que la llenó de terror y confusión. Había regresado de trabajar a las nueve y no había nadie en casa. Bush Milton había ido al pueblo y su madre estaba en casa de una vecina. Alice subió a su dormitorio y se desvistió a oscuras. Permaneció un rato junto a la ventana, escuchando las gotas azotar los cristales cuando de repente se apoderó de ella un extraño deseo. Sin pararse a pensar en lo que iba a hacer, corrió escaleras abajo por la casa sin luz y se zambulló en la lluvia que caía. Estando de pie en el cuadrado de césped que había frente a su casa, sintiendo cómo se deslizaba por su piel la fría lluvia, un deseo loco de echar a correr desnuda por las calles se apoderó de ella.

Imaginó que la lluvia tenía un poder creador y maravilloso sobre su cuerpo. Hacía años que no se había sentido tan joven y pletórica. Sentía ganas de brincar y correr, de gritar, de encontrarse con algún ser humano solitario y abrazarlo. Se oyeron los pasos torpes de un hombre que iba a su casa caminando por la acera. Alice echó a correr. La dominaba un capricho salvaje y desesperado. «¡Qué más me da quién sea! Está solo y yo iré hasta él», pensó. No se paró a pensar en las posibles consecuencias de su chifladura y lo llamó cariñosamente:

—¡Espera! No te vayas. Seas quien seas, tienes que esperar.

El hombre que caminaba por la acera se detuvo y se escuchó. Era ya mayor y un poco duro de oído. Se llevó las manos a la boca para hacer bocina y dar más volumen a sus palabras y gritó a pleno pulmón:

—¿Cómo? ¿Qué dice?

Alice se desplomó en el suelo temblando. Se quedó tan asustada, pensando en lo que había hecho, que cuando el hombre reanudó su marcha ella no tuvo valor para ponerse en pie, sino que fue hasta su casa gateando por el césped. Cuando llegó a su dormitorio, cerró la puerta por dentro y arrimó el tocador. Tiritaba como si se hubiese resfriado. Le temblaban tanto las manos que no podía enfundarse el camisón. Se metió en la cama, hundió su rostro en la almohada y sollozó angustiosamente. «¿Qué me pasa? Si no tomo precauciones, un día cometeré un disparate horrible», pensó. Se volvió y, mirando a la pared, trató de armarse de valor para asumir que muchas personas se ven obligadas a vivir y morir solas, incluso en Winesburg.

LA CIGARRA

Antón Chéjov

1

Todos los amigos y conocidos de Olga Ivánovna asistieron a su boda.

—Miradlo, ¿no es cierto que tiene un no sé qué? —decía a sus amigas mientras señalaba a su marido con el deseo de explicar, al parecer, por qué había contraído nupcias con aquel hombre común, del montón y sin nada extraordinario.

Su marido, Ósip Stepánovich Dymov, trabajaba como médico y ostentaba el cargo de consejero titulado. Ejercía en dos hospitales, en uno de ellos como jefe de sala y en el otro como encargado de realizar autopsias. Todos los días, desde las nueve de la mañana hasta el mediodía, atendía a los pacientes y trabajaba en su consultorio, después tomaba el tranvía para llegar al otro hospital, donde practicaba autopsias a pacientes fallecidos. Apenas tenía pacientes privados, lo cual le proporcionaba unos quinientos rublos al año. ¿Qué más podría decirse de él?

Por el contrario, Olga Ivánovna, al igual que sus amigos y conocidos, no era de esa gente tan corriente. Todos destacaban en algo, eran conocidos o bien disfrutaban ya de renombre y se consideraban una celebridad, o bien prometían serlo, aunque no llegasen aún a ello. Eran, a saber: un actor dramático de gran talento y fama reconocida, persona delicada, inteligente, humilde y un lector maravilloso que enseñaba a recitar poesías a Olga Ivánovna; un cantante de ópera, hombre regordete y bonachón que intentaba convencer a Olga Ivánovna entre suspiros de que estaba malogrando su talento, de que si no fuese por su desgana y por no trabajar en serio, de ella podría surgir una destacada cantante. Luego había varios pintores. Entre todos ellos ocupaba un primer lugar el animalista, paisajista y pintor de género Riabovski, un joven rubio y apuesto de unos veinticinco años, cuyas exposiciones eran muy exitosas y había vendido su última obra por quinientos rublos. Riabovski solía corregir los dibujos de Olga Ivánovna y le decía que de ella tal vez podría surgir una artista. También había un violoncelista que cuando tocaba su instrumento parecía hacerlo y que abiertamente reconocía que entre todas las mujeres que conocía solo Olga Ivánovna sabía cómo acompañarlo al piano. Otro era un joven escritor ya conocido que escribía novelas, obras teatrales y relatos. ¿Y quién más? Pues Vasili Vasílich, un terrateniente que en su tiempo libre se dedicaba a dibujar ilustraciones y viñetas, que sentía desde lo más profundo el arte patrio, así como los géneros histórico y épico, y creaba verdaderas maravillas sobre el papel, la cerámica y los platos ahumados.

En medio de este ramillete de artistas, todos sin obligaciones y mimados por el destino, personas delicadas y modestas sin igual, pero que solo se acordaban de la existencia de los médicos cuando estaban enfermos, y para quienes el nombre de Dymov sonaba tan triste como Sidorov o Tarásov. En mitad de toda aquella gente nuestro médico era un ser extraño, inútil e intrascendente, pese a su altura y corpulencia. Parecía llevar un frac prestado y lucía una barba de marchante. Aunque, si fuese un escritor o un pintor, todos habrían reconocido que con la barba les recordaba a Zola.

El actor le decía a Olga Ivánovna que con su cabello negro y su traje de novia se asemejaba bastante a un cerezo esbelto cuando se cubre en la primavera de delicadas florecillas blancas.

—¡No, quiero que me escuches! —le dijo Olga Ivánovna mientras le tomaba la mano—. ¿Cómo ha sucedido esto? Escucha, escúchame... Debes saber que mi padre trabaja con Dymov en el mismo hospital. Y, cuando mi padre cayó enfermo, Dymov estuvo junto a él día y noche. ¡Qué abnegación y sacrificio! Escúchame, Riabovski; a ti como escritor también te debe interesar. Podéis acercaros más. ¡Cuánto sacrificio y cuánta sincera sensibilidad! Yo tampoco dormía y pasaba las noches en vela al lado de mi padre. Y, de pronto, como si nada, conquisté a nuestro buen caballero andante. Dymov se quedó prendado hasta los huesos de mi persona. A veces el destino es realmente caprichoso. Tras la muerte de mi padre, Dymov fue alguna vez a visitarme o me lo encontraba por la calle… Pero, de repente, una tarde maravillosa, se me declaró, tan de improviso como un relámpago… Me pasé toda la noche llorando y me enamoré también de él hasta los huesos. Y como veis, ahora soy su esposa. ¿No creéis que hay en él algo fuerte y poderoso, como si fuese un oso? Ahora tiene el rostro de lado, y hay escasa luz, pero en cuanto se vuelva fijaos en su frente. Riabovski, ¿qué puedes decirme de esa frente? ¡Dymov, hablamos de ti! —gritó hacia donde estaba su esposo—. Ven aquí y dale tu honrada mano a Riabovski… Así, muy bien. Espero que seáis buenos amigos.

Dymov alargó su mano a Riabovski con una sonrisa bondadosa pero ingenua y le dijo:

—Mucho gusto. La carrera de un Riabovski acabó conmigo. ¿No sería familiar suyo?

2

Olga Ivánovna tenía veintidós años y Dymov treinta y uno. Tras la boda su vida discurrió de maravilla. Olga Ivánovna llenó de cuadros todas las paredes del salón, suyos y ajenos, enmarcados y sin marco, y junto a su piano y un aparador preparó un bonito rincón amontonando unas sombrillas chinas, caballetes, trapos de todos los colores, dagas, bustos pequeños, fotos… Empapeló todo el comedor con estampas multicolores, colgó unas zapatillas, hoces y una guadaña en un rincón junto a unos rastrillos que otorgaban al comedor un aspecto bastante ruso.

En el dormitorio tapizó techo y paredes con paños oscuros, a modo de cueva, colgó un farol veneciano sobre las camas, y colocó un maniquí con una lanza. Y a todos le pareció que los jóvenes esposos tenían un alegre nido.

Olga Ivánovna se levantaba todos los días sobre las once, tocaba el piano y, si salía el sol, pintaba al óleo. Después, pasado el mediodía, se encaminaba a casa de la modista. Como la parejita andaba escasa de dinero, solo tenía lo justo. Así pues, para poder lucir con frecuencia nuevos vestidos y asombrar a la gente de esa manera, ella y su modista debían idear toda suerte de trucos. A menudo, de un viejo vestido teñido, con cuatro retales de tul barato, puntillas, seda y terciopelo, conseguían auténticas maravillas, piezas encantadoras que parecían un sueño. Por lo general, desde la casa de la modista, Olga Ivánovna iba a la de alguna amiga actriz, donde se ponía al día de las novedades teatrales y, de paso, trataba de conseguir entradas para el estreno de nuevas obras o para algún espectáculo benéfico. De la casa de la actriz solía ir al taller de algún pintor o a alguna exposición, y acababa viendo a algún famoso para invitarlo a su casa, devolverle una visita o solo para conversar un ratito.

La recibían con alegría y cariño en todas partes, asegurándole siempre que era muy buena, simpática y una mujer que destacaba. Aquellas personas a las que ella denominaba famosos o personas importantes la recibían como si fuese uno de los suyos, de igual a igual, y todos sin excepción alguna le aseguraban que con su talento, su gusto y su inteligencia, si no lo dejaba, tendría por delante un porvenir muy brillante.

Olga Ivánovna cantaba, tocaba el piano, pintaba, esculpía, actuaba en obras de aficionados, y no lo hacía de cualquier manera, sino con talento. Tanto si modelaba unos farolillos, como si se disfrazaba o le anudaba a alguien el nudo de la corbata, todo lo llevaba a cabo con un talento inusitado, con gracia y naturalidad. Pero donde su talento más destacaba era en su facilidad para conocer y relacionarse con gente famosa.

Era suficiente con que alguien consiguiese cierta fama y la gente hablase de él para que Olga Ivánovna lo conociese, trabase amistad con él ese mismo día, y lo invitase a su casa. Cada nueva amistad para ella suponía una auténtica fiesta. Amaba a los famosos, sentía orgullo de ellos y cada noche los veía en sueños. Sentía un ansia verdadera de tales amistades, una sed implacable. Al olvido pasaban las viejas relaciones y venían nuevas a reemplazarlas, se acostumbraba a ellas o simplemente se desilusionaba para lanzarse con avidez en busca de nuevas eminencias. Cuando las encontraba, se lanzaba otra vez en busca de más. Pero ¿para qué?

Pasadas las cuatro comía con su esposo en casa.

La humildad de Dymov, su bondad y sensatez dejaban a la esposa en un estado pleno de ternura y admiración. No dejaba de dar un salto para ponerse en pie, abrazar la cabeza de su esposo con arrebato y colmarlo de besos.

—Eres un hombre inteligente y noble —le decía—. Solo tienes un defecto grave: no te interesa en absoluto el arte. No te gustan la música ni la pintura.

—No entiendo nada —contestaba con humilde voz el esposo—. He dedicado toda mi vida a la ciencia y a la medicina, y no he tenido tiempo de interesarme por las manifestaciones artísticas.

—Pero ¡es terrible, Dymov!

—¿Por qué? Tus amigos ignoran la ciencia y la medicina, y tú, sin embargo, no se lo recriminas. A cada cual lo suyo. Yo no entiendo de ópera ni de paisajes, pero pienso que si la gente inteligente le dedica toda una vida, y otro tipo de gente, inteligente también, les paga por ello grandes cantidades de dinero, significa que para algo sirven. Yo no soy capaz de entenderlo, pero eso no significa que reniegue de ello.

—¡Déjame estrechar tu honrada mano!

Tras la comida, Olga Ivánovna se iba a casa de algún amigo, y después al teatro o a algún concierto, para regresar a su casa pasada la medianoche. Y así cada día.

Los miércoles se encargaba de organizar veladas en casa, en las que la dueña y sus invitados no se dedicaban a jugar a los naipes o a bailar, sino que se entretenían practicando artes diferentes. El actor dramático solía recitar, el cantante solía cantar, los pintores solían dibujar en cuadernos que Olga Ivánovna poseía en grandes cantidades, el violoncelista solía tocar su instrumento y la misma dueña dibujaba también, modelaba, cantaba o tocaba el piano.

Entre lecturas, cánticos y música, en los descansos, se hablaba y discutía sobre literatura, teatro y pintura. No había damas, ya que Olga Ivánovna, a excepción de las actrices y de su modista, consideraba aburridas y ordinarias al resto. No transcurría una sola velada sin que la anfitriona, cada vez que el timbre sonaba, no se estremeciese y exclamara con una expresión triunfal: «Es él», dando a entender que llegaba una celebridad.

Dymov no estaba en el salón y nadie se acordaba de su existencia. Pero justo a las once y media, la puerta del comedor se abría, Dymov aparecía con una sonrisa humilde y bondadosa y, tras frotarse las manos, decía:

—Señores, pueden pasar a tomar algo.

Todos se encaminaban al comedor para contemplar siempre el mismo espectáculo: ostras, jamón o ternera, sardinas, queso, caviar, setas, vodka y un par de jarras de vino.

—¡Mi amado maître! —exclamaba hinchada de orgullo Olga Ivánovna—. ¡Eres sencillamente encantador! ¡Caballeros, fíjense en su frente! Ponte de perfil. Miren, caballeros, el rostro de un auténtico tigre de Bengala, pero con la expresión tierna y bondadosa de un ciervo. ¡Ay, mi querido Dymov!

Mientras, los invitados comían y miraban a Dymov pensando que de verdad era un buen hombre. Pero enseguida se olvidaban de él para seguir conversando de teatro, música o pintura.

Los jóvenes esposos eran muy felices y su vida iba de maravilla. Pero la tercera semana de su luna de miel no fue feliz del todo, sino más bien algo triste. Dymov se contagió en el hospital de una enfermedad, se pasó seis días en la cama y le cortaron al rape sus hermosos cabellos oscuros. Sentada a su vera, Olga Ivánovna lloraba con amargura. Pero cuando el enfermo mejoró, envolvió su rapada cabeza con un pañuelo blanco y le obligó a posar como modelo para dibujar a un beduino. Ambos estaban contentos. Una vez curado, tres días después, volvió al hospital para sufrir un nuevo revés.

—¡Qué mala suerte! —le dijo mientras comían—. Hoy he hecho cuatro autopsias y me he cortado en dos dedos. Me he dado cuenta aquí, en casa.

Olga Ivánovna se asustó. Pero Dymov sonrió, asegurando que aquello no tenía importancia y que cortarse en una autopsia era algo habitual.

—Me entusiasmo y entonces me distraigo.

Olga Ivánovna temía que él se infectase y rezaba cada noche a Dios para que aquello no sucediese, pero todo pasó y su plácida y feliz vida volvió a su cauce sin más penas y alarmas.

El presente era algo maravilloso y, además, estaba ya cerca la primavera, que se aproximaba sonriendo a lo lejos y prometía mil alegrías. ¡Su felicidad parecía interminable! Pasarían abril, mayo y junio en su casa de campo, alejados de la ciudad. Allí pasearía, pintaría, pescaría, escucharía el canto de los ruiseñores y luego, desde julio hasta el otoño, se iría de viaje por el Volga con los pintores.

Como miembro indiscutible de la sociedad de artistas, Olga Ivánovna participaría en aquella excursión. Ya se había hecho confeccionar dos vestidos de viaje muy sencillos y comprado pinturas y pinceles, lienzos y una nueva paleta.

Riabovski acudía a verla casi todos los días para comprobar sus avances en pintura. Cuando ella le enseñaba sus obras, el pintor hundía sus manos con profundidad en sus bolsillos, apretando los labios con fuerza, resoplaba y comentaba:

—Sí… Esa nube parece gritar. Carece de la iluminación de un atardecer. Algo no funciona. El primer plano parece como rugoso, ¿entiendes…? Y la casita se atraganta y parece chillar por algo… El ángulo debería ser más oscuro, pero no está mal en conjunto. La felicito.

A palabras más confusas del pintor, mayor era la satisfacción de Olga Ivánovna.

3

En la segunda jornada de la Trinidad, tras la comida, Dymov compró unos fiambres y unos caramelos para ir a la casa de campo a ver a su esposa. No la veía hacía dos semanas y la extrañaba. En el vagón del tren y después, buscando la casa en el bosque, se sintió hambriento y fatigado, mientras pensaba felizmente cómo cenarían al aire libre y se irían rendidos a la cama. Estaba alegre con su paquetito, que contenía caviar, queso y salmón.

El sol ya se ponía cuando encontró la casa. La anciana sirvienta le dijo que la señora no estaba y que no tardaría en volver. La casa, de un agradable aspecto, con sus techos bajos y cubiertos de papel de escribir, el suelo desigual y repleto de agujeros, tenía solo tres habitaciones. Una de ellas contenía la cama; en otra, sobre sillas y ventanas, había lienzos, pinceles, una grasienta hoja de papel, abrigos y sombreros de hombre. En la tercera habitación Dymov se encontró a tres desconocidos: dos morenos y con barba; el tercero, bien afeitado y gordito, era un actor seguramente. Un samovar lleno de té hervía sobre la mesa.

—¿Qué quiere? —le preguntó el actor con potente voz, observando atentamente a Dymov—. ¿Quiere ver a Olga Ivánovna? Espere, enseguida regresará.

Dymov se sentó para aguardar a su esposa. Uno de los morenos, de ojos soñolientos y aburridos, se sirvió té y preguntó:

—¿Tal vez le apetezca un té?

Dymov estaba hambriento y tenía sed, pero para no quitarse el apetito se abstuvo de tomar nada. De repente se oyeron unos pasos y unas risas familiares, la puerta sonó y Olga Ivánovna entró en la habitación corriendo. Iba cubierta con un sombrero de ala ancha y llevaba una caja de pinturas en la mano. Tras ella, llevando una enorme sombrilla y una silla plegable, entró Riabovski alegre y sofocado.

—¡Dymov! —exclamó Olga Ivánovna encendiendo su rostro de alegría—. ¡Dymov! —repitió inclinando la cabeza y las manos sobre el pecho de su marido—. ¡Eres tú! ¡Por qué has tardado tanto en venir! ¿Por qué?

—Pero ¿cuándo? Me paso todo el día ocupado y si logro algo de tiempo libre, el horario de los trenes me viene fatal.

—¡Estoy tan contenta de que hayas venido! He soñado contigo toda la noche, tenía miedo de que enfermases. ¡Si supieses lo a tiempo has venido! ¡Me salvarás de un apuro! ¡Solo tú eres capaz de hacerlo! Mañana se celebrará aquí una boda de lo más original —continuó mientras reía y anudaba la corbata de Dymov—. Se casa el joven telegrafista de la estación, un tal Chikildeyev, un chico apuesto y espabilado. Y con un rostro, ¿sabes?, de gran fuerza, como el de un oso. De él se puede sacar el retrato de un joven vikingo. Los veraneantes participaremos en su boda y le hemos prometido asistir todos. Es un chico humilde, está solo y es algo tímido; por eso no estaría bien haberse negado. Piensa, tras la misa vendrá la boda y luego iremos paseando hasta la casa de la novia, ¿te lo imaginas? El bosque, los pájaros trinando, los reflejos de sol sobre la hierba y todos nosotros como manchas multicolores sobre un fondo verde, es tan original, como los impresionistas franceses. Pero, Dymov, ¿con qué vestido iré a la iglesia? —dijo a punto de llorar Olga Ivánovna—. Aquí no tengo nada que ponerme, nada de nada. Ni un vestido, ni flores, ni unos guantes. Debes ayudarme. Te ha traído aquí el destino para salvarme. Amor, toma las llaves, ve a casa y búscame el vestido rosa en mi ropero. ¿Recuerdas? Está colgado el primero de todos. Luego ve al desván y en el suelo, a la derecha, verás dos cajas de cartón. Al abrir la superior verás que dentro hay tul y unos retales. Debajo hay unas flores. Sácalas con mucho cuidado, amor, no se te vayan a arrugar. Luego escogeré… Y cómprame unos guantes.

—Bien —dijo Dymov—, iré mañana y te lo envío.

—¿Mañana dices? —preguntó Olga Ivánovna mirando asombrada a su marido. ¿De dónde sacarás tanto tiempo? El primer tren sale a las nueve y la boda es a las once. ¡Debes hacerlo hoy sin falta, amor! Si no puedes venir mañana, envía un recadero. Bueno, en marcha. Está a punto de pasar un tren. No lo pierdas, amor mío.

—Bien.

—¡Oh, me da tanta pena que te marches! —dijo Olga Ivánovna con los ojos llenos de lágrimas—. ¿Cómo he podido ser tan boba al darle mi palabra a ese telegrafista?

Dymov apuró enseguida su taza de té, probó una rosquilla y se dirigió a la estación con su humilde sonrisa. El caviar, el queso y el salmón se lo zamparon los dos jóvenes morenos y el grueso actor.

4

Cierta silenciosa noche de luna en el mes de julio, Olga Ivánovna se encontraba en la cubierta de un vapor que recorría el Volga, contemplando los reflejos del agua y las bellas orillas iluminadas por la luz de la luna. A su lado se encontraba Riabovski advirtiéndole que las sombras oscuras del agua en realidad no eran sombras, sino un sueño; que al ver las aguas hechizadas, con fantásticos brillos, el insondable cielo y las melancólicas orillas que parecían hablar sobre la vanidad vital o sobre la existencia de un ser superior, eterno y bienaventurado, no estaría mal perder este mundo de vista y morir para ser un recuerdo. Todo pasado era anodino y falto de interés; el futuro, insignificante, y aquella milagrosa y única noche acabaría pronto para fundirse con la eternidad. Y entonces, ¿para qué vivir?

Olga Ivánovna, a veces atenta a la voz de Riabovski, otras absorta en mitad del silencio nocturno, pensó que era inmortal y que no moriría nunca. El resplandor de color turquesa del agua como no había visto nunca, el firmamento, las orillas, las negras sombras y una desbordante alegría llenaban su alma, y le aseguraban que de ella surgiría una gran pintora y que en algún lejano lugar, más allá de esa noche de luna, en el espacio infinito, la estaban aguardando el éxito, la gloria y el cariño del pueblo. Cuando observaba en la lejanía sin pestañear, creía ver una gran multitud, luces, el triunfal resonar de la música, gritos de júbilo, y a ella misma vestida con un traje blanco y con flores que caían sobre ellos por doquier. También pensaba que a su lado, apoyado sobre los codos en la pasarela, había un hombre grande de verdad, una especie de genio, un elegido de los dioses. Todo lo que aquel pintor había creado hasta el momento era genial, novedoso e inusitado, y lo que estaba a punto de crear con el tiempo, cuando el tiempo fortaleciese su inusual talento, sería algo asombroso y muy superior. Todo aquello se reflejaba en su rostro, en su manera de expresarse y en su postura ante la naturaleza. El pintor hablaba de sombras, de tonos nocturnos, del resplandor de la luna, y de manera extrañamente peculiar, en su propio idioma, de forma que se intuía sin pretenderse el encanto de su poder sobre la naturaleza. Hasta su físico era bello y original, y su vida libre, alejada de lo mundano, semejante a la de un ave.

—Hace frío —dijo Olga Ivánovna tiritando.

Riabovski la cubrió con su capa y dijo con triste voz:

—Me siento bajo tu poder. Soy tu esclavo. ¿Por qué te muestras hoy tan fascinadora?

La miraba sin quitarle un segundo los ojos de encima. La expresión de su mirada daba miedo y ella no se atrevía a mirarlo.

—Te amo locamente —balbuceó él mientras le lanzaba su aliento a la mejilla—. Una sola palabra tuya y dejaré de vivir, abandonaré mi arte —continuó susurrando pleno de emociones. ¡Ámame!

—No me digas eso —dijo Olga Ivánovna cerrando los ojos—. Me estás dando miedo. Y Dymov…

—¿Qué ocurre con Dymov? ¿Qué tiene que ver en esto? ¿Qué me importa a mí Dymov? ¡Puedo ver el Volga, la luna, la hermosura, a mi amor, mi pasión, pero a ningún Dymov! ¡Oh, no sé nada sobre…! ¡Para qué necesito el pasado! ¡Concédeme un solo momento! ¡Un solo momento!

El corazón de Olga Ivánovna latió fuertemente. Intentó pensar en su marido, pero todo su pasado, la boda, Dymov, las fiestas… Todo le parecía insustancial, gris y ridículo, inútil y lejano, muy lejano. Pues, ciertamente, ¿qué pasaba con Dymov? ¿Qué tenía él que ver en esto? ¿Qué le importaba Dymov? Y ¿existía realmente o era solo un sueño?

«A un hombre simple y del montón como él le basta la felicidad que ya ha recibido —pensaba tapándose la cara con ambas manos—. Que los demás me critiquen allí, que me maldigan. ¿A mí qué más me da? Por mucho que hablen, iré y me perderé. Sí, me dejaré arrastrar por la perdición. En esta vida se tiene que probar de todo. ¡Dios Santo, qué horror más maravilloso!».

—Bueno, ¿y qué? —balbuceó el pintor, abrazándola y besando sus manos con frenesí mientras ella intentaba apartarlo de su lado débilmente—. ¿Me quieres? ¿Sí? ¡Oh, qué noche! ¡Menudo milagro de noche!

—¡Sí, menuda noche! —le susurró ella, mirándolo fijamente a los ojos, que brillaban llenos de lágrimas.

Después miró a ambos lados furtivamente, lo abrazó y le besó con fuerza en los labios.

—¡Llegamos a Kineshma! —se oyó una voz al otro lado de cubierta.

Sonaron unos fuertes pasos. Era un camarero.

—Escuche —se dirigió Olga Ivánovna a él, riendo y llorando de felicidad—, ¿puede traernos vino?

El pintor, pálido de la emoción, se sentó en el banco y observó a Olga Ivánovna con mirada de veneración y agradecimiento. Luego cerró los ojos para decir con una lánguida sonrisa:

—Me encuentro cansado.

Y reclinó la cabeza en la barandilla.

5

El dos de septiembre fue una jornada tibia y serena, pero con nubes. La neblina flotaba sobre el Volga temprano por la mañana, después de las nueve comenzó a llover un poco. No había expectativas de que el día se despejase. Durante la hora del té, Riabovski le dijo a Olga Ivánovna que la pintura era la más desagradecida y aburrida de las artes, que él no era un pintor, que solo los tontos creían en su talento. Y, de repente, agarró un cuchillo y rasgó una de sus mejores obras. Tras el té siguió mostrándose gris, sentado junto a una ventana, contemplando el Volga. Pero aquel río no brillaba ya, permanecía mate y opaco, con un aspecto gélido. Todo, absolutamente todo indicaba la llegada del otoño, cada vez más cercano, triste y grisáceo. Parecía que la majestuosa alfombra verde de las orillas, los cristalinos reflejos de los rayos, esa lejanía transparente y azulada, todo el ropaje festivo y elegante se lo hubiese arrebatado la naturaleza al río para guardárselo hasta la primavera siguiente en algún cofre.

Y los cuervos sobrevolaban el Volga graznando como si se riesen de él entre gritos: ¡En cueros! ¡En cueros! Riabovski escuchaba los graznidos de los cuervos y creía que su arte se había marchitado, que su talento había desaparecido, que todo en la vida era relativo, relativo y estúpido, y que no había debido intimar con aquella mujer. En pocas palabras, se encontraba de mal humor, de muy mal humor.

Olga Ivánovna, sentada tras un biombo en su cama, metiendo los dedos en sus magníficos cabellos castaños, imaginaba estar en el salón de su casa, en la alcoba, en el despacho de su marido. Su imaginación la hacía viajar al teatro, al taller de la modista o a casa de sus afamados amigos. ¿Qué harían ahora? ¿La recordarían? Ya había comenzado la temporada y era hora de pensar en sus veladas. ¿Y Dymov? ¡El buenazo de Dymov! ¡Con qué infantil y desdeñada humildad le pedía en sus misivas que regresase lo antes posible! Cada mes le enviaba setenta y cinco rublos, y cuando ella le informó de que había dejado a deber cien rublos a los pintores, se los envió también. ¡Qué hombre más bueno y generoso! Aquel viaje había agotado a Olga Ivánovna. Se aburría. Pretendía abandonar lo antes posible la compañía de aquellos hombretones, dejar atrás aquel olor húmedo a río, quitarse de encima la sensación de humedad sucia que tenía constantemente en su peregrinaje por aquellas campesinas isbas,[15] de pueblo en pueblo. Si Riabovski no se hubiese comprometido con aquellos pintores a quedarse con ellos hasta el veinte de septiembre, ella se habría marchado ese mismo día. ¡Lo bien que le sentaría aquello!

—¡Dios mío! — suspiró Riabovski—. ¿Cuándo aparecerá el sol de una vez? ¡No puedo terminar un paisaje de sol sin el sol!

—Posees un estudio con el cielo nublado —dijo Olga Ivánovna tras el biombo—. ¿Te acuerdas? Se ve un bosque a la derecha y unas vacas y unos gansos al otro lado. Puedes acabarlo ahora.

—¡Ya! ¡Puedo acabarlo ahora! —exclamó el pintor poniendo cara de asco—. ¿Crees que soy tan tonto que ignoro lo que debo hacer?

—¡Cómo ha cambiado tu actitud conmigo! —suspiró Olga Ivánovna.

—¡Bien, qué le voy a hacer!

---

[15] Viviendas rurales de madera típicas de Rusia.

El rostro de Olga Ivánovna se crispó. Se separó de él y se puso a llorar junto a la estufa.

—Eso, llora ahora. Es lo único que me faltaba. ¡Basta! Yo tengo también mil motivos para hacerlo y me abstengo.

—¡Mil motivos! —protestó llorando Olga Ivánovna—. El principal es que soy un estorbo para ti. ¡Sí! Y para decirlo todo de una vez, te avergüenzas de nuestro amor. Haces lo imposible para que los pintores no se den cuenta. Aunque sea imposible ocultarlo y todos lo sepan desde hace tiempo.

—Olga, solo te pido algo —exclamó el pintor implorando y poniéndose la mano en el pecho—, solo una cosa. ¡No me tortures! ¡Solo te pido eso!

—Júrame que sigues amándome.

—¡Esto es una tortura! —balbuceó el pintor entre dientes, tras levantarse de un salto y exclamar—: ¡Acabaré por tirarme al Volga o por volverme loco de atar! ¡Déjame en paz!

—¡Pues entonces, mátame! ¡Mátame de una vez! —gritó Olga Ivánovna—. ¡Mátame!

Rompió a llorar una vez más y se escondió tras el biombo. La lluvia repiqueteó sobre el techo de paja de la isba. Riabovski le tomó la cabeza entre las manos y se puso a andar de un lado a otro de la alcoba. Luego, con expresión decidida en el rostro, como pretendiendo demostrar algo a alguien, se puso la visera, se echó la escopeta al hombro y se marchó de la isba.

Tras su partida, Olga Ivánovna estuvo llorando sobre la cama un buen rato. Primero se le ocurrió que estaría bien tomarse un veneno para que a su vuelta él la hallase muerta, pero en un instante sus pensamientos volaron hacia el salón de su casa, al despacho de su esposo. Se imaginó sentada junto a Dymov, sin moverse, gozando de una sensación de paz y de pureza. Se imaginó en el teatro escuchando a Mazini. Y de esa forma, una añoranza por la civilización, por el bullicio de la ciudad y las ganas de poder ver a sus famosos conocidos, oprimió su corazón.

En la isba entró una campesina, que encendió la estufa con calma para preparar la comida. Toda la atmósfera se llenó de un olor a quemado y se azuló por el humo. Llegaron los pintores con sus sucias botas altas y los rostros mojados de lluvia. Se pusieron a estudiar sus trabajos y a consolarse afirmando que el Volga tiene su encanto hasta con mal tiempo. Un barato reloj de pared sonaba. Tic-tic-tic... Las moscas, muertas de frío, se estaban agolpando entre zumbidos en un rincón con iconos y, bajo los bancos, entre los gruesos álbumes de los pintores, se oían las cucarachas al agitarse.

Riabovski volvió a casa cuando el sol empezaba a ponerse. Arrojó su gorra sobre la mesa, y con cara pálida y fatigada, sin quitarse las botas sucias, se dejó caer en un banco y cerró los ojos.

—Estoy agotado —exclamó, moviendo las cejas y esforzándose en abrir los ojos.

Para demostrarle con cariño que no estaba enfadada con él, Olga Ivánovna se le acercó y lo besó en silencio. Le pasó el peine por su cabellera rubia. Lo peinó.

—¿Qué ocurre? —preguntó el pintor estremeciéndose y abriendo los ojos como si lo hubiese tocado algo frío—. ¿Qué sucede? Déjame tranquilo, te lo ruego.

La apartó de su lado con las manos, se alejó, y a ella le pareció que su rostro reflejaba cierta repugnancia y que estaba contrariado. Entonces pasó la campesina que, sujetándolo con ambas manos, llevaba con sumo cuidado un plato de sopa para el pintor. Olga Ivánovna observó los pulgares de aquella mujer sumergidos en la sopa. Aquella sucia campesina de hinchado vientre, la sopa de col que Riabovski consumía ávidamente, la isba y toda aquella vida que antes tanto anhelaba por su sencillez y el desorden típico de los artistas le parecieron horrorosos. Se sintió ofendida y en un tono muy frío dijo:

—Debemos dejar de vernos durante un tiempo porque, si no, este aburrimiento nos hará pelearnos sin remedio. Estoy harta de todo esto. Me marcharé hoy mismo.

—¿Cómo? ¿Encima de una escoba?

—Hoy es jueves. A las nueve y media pasa el vapor.

—¿Eh? Sí, claro. Qué le voy a hacer, vete si quieres —dijo suavemente Riabovski, secándose con una toalla en lugar de una servilleta—. Te aburres y no se puede hacer nada. No seré tan egoísta como para retenerte. Vuelve a casa y ya nos veremos después del día veinte.

Olga Ivánovna recogió alegremente sus cosas. Hasta las mejillas se le encendieron de júbilo. «¿Será posible —se preguntaba— que en poco tiempo me encuentre pintando en mi salón, durmiendo en mi alcoba y comiendo en mi mesa con su mantel?». Se sintió algo más calmada y el enfado con Riabovski se le pasó.

—Riabusha te dejo mis pinturas y pinceles —le dijo—. Lo que sobre te lo traes… Y a ver si no holgazaneas en mi ausencia. No te dejes llevar por tu mal genio y trabaja. Eres un buen tipo.

A las nueve, Riabovski se despidió de ella y la besó —en la casa, para evitar hacerlo en el barco delante del resto de pintores, pensó Olga Ivánovna—, y la acompañó hasta el muelle. Enseguida llegó el vapor y se la llevó.

Tras dos días y medio de viaje llegó a casa. Sin quitarse el sombrero ni el abrigo, agitada por la emoción, entró en el salón y pasó al comedor. Sin chaqueta, con el chaleco sin abrochar, Dymov estaba sentado a la mesa, dispuesto a comerse una perdiz. Mientras entraba en su casa, Olga Ivánovna estaba segura de que debía ocultar a su marido todo lo sucedido y que para ello tenía la suficiente fuerza y habilidad. Pero, en aquel mismo momento, al observar su amplia sonrisa, humilde y feliz, sus brillantes ojos alegres, sintió de repente que engañar a un hombre así sería un acto soez, repugnante, sin sentido y por encima de sus fuerzas, como lo sería calumniar, robar o matar a alguien. Y decidió contárselo todo en ese momento. Mientras se dejaba besar y abrazar por su marido, se arrodilló a sus pies y se tapó el rostro.

—¿Qué te pasa? —dijo él en tono delicado—. ¿Es que me has echado de menos?

Olga Ivánovna alzó el rostro, avergonzada, y lo miró con ojos culpables, suplicando, pero su miedo y su vergüenza no le permitieron contarle la verdad.

—Nada... —susurró—. No es nada...

—Pues sentémonos —le dijo él levantándola para sentarla a la mesa—. Así... Cómete la perdiz. Debes tener hambre, mi vida.

Olga Ivánovna inspiró el aire de su querido hogar ávidamente. Se comió la perdiz mientras él la miraba tiernamente, sonriendo de alegría.

6

En mitad del invierno, según parece, Dymov empezó a sospechar el engaño. Daba la impresión de no tener la conciencia tranquila. No podía mirar a su esposa a los ojos. Al verla no podía sonreír con alegría. Y, para no estar con ella a solas, invitaba con frecuencia a comer a un colega llamado Korosteliovich, un hombre pequeñito de cabello corto y cara ajada que, cuando se dirigía a Olga Ivánovna, se mostraba tan retraído que se abrochaba y desabrochaba la chaqueta y tiraba de su bigote con la mano derecha hacia la izquierda. Comiendo, ambos médicos hablaban de sus asuntos: que en los casos de diafragma alto se solían producir arritmias cardíacas; o bien, que últimamente eran evidentes los casos más diversos de neuritis; o si no, que ayer Dymov, haciendo la autopsia a un cadáver diagnosticado de «anemia maligna», se encontró con un cáncer pancreático. Todo indicaba que hablaban de medicina con el único propósito de que Olga Ivánovna tuviese la oportunidad de mantenerse callada y no mentir. Terminada la comida, Korosteliovich se sentaba ante el piano y Dymov le decía suspirando:

—¡Ya puedes ver, amigo! ¿Qué le vamos a hacer? Toca algo triste.

Alzando sus hombros y separando los dedos, Korosteliovich lanzaba sus acordes y cantaba con voz de tenor «Enséñame un hogar donde no llore un mujik». Dymov volvía a suspirar y, después de apoyar la cabeza sobre el puño, se quedaba pensativo.

Últimamente, Olga Ivánovna se comportaba con imprudencia y sin recato. Se levantaba cada mañana de mal humor y con la idea de que ya no amaba a Riabovski y de que, a Dios gracias, todo había acabado. Pero, tras tomar un café, se percataba de que había perdido a su marido por Riabovski y que ahora estaba sin ambos. Más tarde recordaba que sus amistades decían que Riabovski estaba preparando una asombrosa obra para una exposición: una miscelánea de paisaje y cuadro de costumbres, ante la cual quedaban maravillados todos los visitantes de su taller. Pero ella pensaba que en realidad la obra era fruto de su influencia y que, gracias a ella, el pintor había conseguido ir más allá. Creía que su influjo era tan beneficioso y firme que, si lo dejaba, Riabovski se hundiría sin remedio. Recordaba cómo la última vez que la visitó llevaba una chaquetilla gris y una corbata nueva. Aquella vez el pintor le preguntó con voz abatida: «¿Estoy guapo?». Y así era, con aspecto elegante, sus largos rizos y sus azulados ojos, estaba muy guapo —o al menos eso creyó ella—, y estuvo muy cariñoso con Olga Ivánovna.

Después de haber recordado y meditado multitud de cosas, Olga Ivánovna se vistió y, muy agitada, se encaminó al taller de Riabovski. Lo halló contento y lleno de entusiasmo con su cuadro, que efectivamente, era extraordinario. Daba saltos, hacía el bobo y contestaba con chascarrillos a las preguntas más serias. Olga Ivánovna estaba celosa del cuadro. Lo odiaba, pero se quedaba en silencio por respeto unos cinco minutos ante él y, tras un suspiro digno de una santa veneración, decía pausadamente:

—Sí, nunca habías pintado algo semejante. Da hasta miedo, ¿verdad?

Luego comenzaba a suplicarle que la amase, que no la dejase, que se apiadase de ella, una pobre y desdichada muchacha. Lloraba, besaba sus manos, le exigía promesas de amor, e intentaba convencerlo de que sin su influjo beneficioso se perdería y que sería su fin. Tras amargarle el buen humor y sintiéndose humillada, se iba a casa de la modista o de alguna actriz para tratar de obtener algunas entradas.

Si no encontraba en su taller a Riabovski, le dejaba notas jurándole que, si no iba a visitarla aquel mismo día, terminaría por envenenarse sin dudarlo. Él, asustado, acudía a verla y la acompañaba a comer. Sin sentir vergüenza alguna por la presencia del marido, Riabovski era insolente con ella, que le pagaba con la misma moneda. Los dos eran conscientes de que se estaban atando el uno al otro, de que se estaban comportando como déspotas enemigos. Se enfadaban y eso les impedía ver lo ridículo de su conducta y que hasta Korosteliovich, con su cabeza rapada, lo entendía todo. Tras el almuerzo, Riabovski se iba apresuradamente y se despedía.

—¿Dónde vas? —le inquiría Olga Ivánovna en el recibidor, mirándolo con odio.

El pintor, entre muecas y entornando los ojos, le daba el nombre de alguna dama conocida por ambos para herirla y burlarse de sus celos. Olga Ivánovna se recluía en el dormitorio y se acostaba. Los celos, la rabia, la humillación y el oprobio le hacían morder la almohada entre sollozos. Dymov abandonaba a Korosteliovich en la sala, se dirigía al dormitorio y, sin saber cómo actuar, le decía en baja y tenue voz:

—No llores así. ¿Para qué? Lo mejor es callar esas cosas. Hay que aprender a no demostrarlas. Lo hecho, hecho está, ¿verdad?, y no hay manera alguna de arreglarlo.

Sin saber aplacar aquellos celos insoportables que hacían retumbar sus sienes y pensando que aún podía arreglar aquello, ella se levantaba, se empolvaba el rostro hinchado por el llanto y corría a casa de la conocida dama. Si no encontraba a Riabovski, iba a visitar a otra, y hasta a una tercera. Primero se avergonzaba de tales visitas, pero al final se acostumbró y en una sola tarde podía recorrer buscando a Riabovski las casas de todas sus amistades. Todas estaban al tanto de aquel asunto.

En una ocasión, hablando de su esposo, le dijo a Riabovski:

—¡La generosidad de este hombre me agobia!

Aquella frase le gustó tanto que, cuando coincidía con los pintores que conocían su asunto con Riabovski, no paraba de referirse a su esposo con gesto enérgico:

—¡La generosidad de este hombre me agobia!

Su estilo de vida era idéntico al del año anterior. Cada miércoles había velada. El actor recitaba, los pintores pintaban, el violoncelista tocaba su instrumento, el cantante cantaba y, sin variar, a las once y media se abría la puerta que daba paso al comedor y aparecía Dymov, que entre sonrisas, decía:

—Señores, pueden pasar a tomar algo.

Como siempre, Olga Ivánovna andaba a la caza de famosos, los encontraba y, sin estar satisfecha de ello, se lanzaba a buscar nuevos y flamantes famosos. Como antes, cada día regresaba tarde, de noche. Pero Dymov ya no estaba dormido como el año pasado, sino que estaba trabajando en su despacho. Se acostaba sobre las tres y se levantaba a las ocho.

Cierta tarde, cuando estaba arreglándose su mujer ante el espejo para acudir al teatro, Dymov entró en el dormitorio con un frac y corbata blanca. Sonreía humildemente y, como antaño, la miraba directamente a los ojos. Resplandecía.

—Acabo de leer mi tesis doctoral —dijo mientras se sentaba y alisaba las rodillas con las manos.

—¿Y te has doctorado? —le preguntó Olga Ivánovna.

—¡Claro! —dijo y, echándose a reír, estiró el cuello para observar el rostro de su mujer por el espejo. Ella estaba de espaldas a él, arreglándose el cabello—. ¡Claro! —repitió—. ¿Sabes? Es muy probable que me ofrezcan la cátedra de patología general. Por ahí van los tiros.

Por la bondadosa expresión de su iluminado rostro se pensaría que si en aquel instante Olga Ivánovna hubiese compartido su júbilo, él le habría perdonado y olvidado todo, lo presente y lo futuro. Pero ella ni entendía lo que era una cátedra ni lo que era la patología. Además, temía llegar tarde al teatro y no dijo nada.

Él se quedó sentado allí dos minutos y salió del dormitorio con una sonrisa culpable.

7

Fue un día bastante agitado.

A Dymov le dolía mucho la cabeza. No se tomó su té esa mañana, no acudió al hospital y se echó en la cama turca de su despacho. Olga Ivánovna, como siempre, fue al taller de Riabovski pasadas las doce para mostrarle una «naturaleza muerta» y preguntarle de pasada por qué no había ido la víspera. Aquel cuadro no le llenaba, solo lo había pintado para poder ver al pintor.

Entró sin llamar en el taller y, cuando se quitaba los chanclos en el recibidor, le pareció percibir unos rápidos y tenues pasos de mujer y el roce de unas faldas. Cuando se apresuró a mirar al interior, vio solamente el extremo de una falda color siena, que se evaporó al instante tras un gran cuadro, con el caballete oculto por un cortinón negro que llegaba hasta el suelo. Una mujer se escondía allí sin lugar a duda. ¡Cuántas veces ella misma se había escondido tras ese cuadro! Riabovski, muy turbado a todas luces, simuló asombrarse con su llegada. Le alargó las manos y con una forzada sonrisa, le dijo:

—¡Aaahh…! Encantado de verte. ¿Qué me cuentas de nuevo?

Los ojos de Olga Ivánovna se inundaron de lágrimas. Estaba llena de vergüenza y amargura. No aceptaría hablar por nada del mundo en presencia de una extraña, de una rival, una mentirosa que ahora seguramente se estaría riendo tras el cuadro.

—Te he traído este esbozo —dijo tímidamente con labios temblorosos—, una «naturaleza muerta».

—¡Aaahh…! ¡Un cuadrito!

El pintor recogió el cuadro de sus manos y, tras observarlo, pasó a otra sala, como sin percatarse de ello.

Olga Ivánovna lo siguió abnegada.

—«Naturaleza muerta…» —murmuró en un juego de palabras.

De la habitación contigua llegó el ruido de unos pasos presurosos y el roce de una falda. «La otra se ha marchado», pensó Olga Ivánovna. Tuvo ganas de gritar con todas sus fuerzas, de atizarle al pintor en la cabeza con algún objeto sólido y marcharse de allí. Pero no veía nada con sus ojos bañados en lágrimas. Frustrada por el bochorno, ya no se sentía ni pintora ni Olga Ivánovna, sino solo un miserable insecto.

—Estoy agotado —exclamó el pintor lánguidamente mientras observaba el cuadro y movía la cabeza para poder despojarse de su modorra—. Tiene algo de gracia, claro. Pero, mira, hoy me traes un estudio, lo mismo que el año pasado, y dentro de un mes me mostrarás lo mismo. ¿No te aburres? Yo en tu lugar dejaría la pintura y me dedicaría en serio a la música o a cualquier otro arte. Porque tú no eres pintora, tal vez música. Pero qué agotado me encuentro. Mandaré que nos traigan un té.

Riabovski salió de la sala y Olga Ivánovna oyó cómo le ordenaba algo al criado. Para no tener que despedirse ni tener que dar explicaciones y, sobre todo, para no echarse a llorar, corrió antes de que él volviese al recibidor, se calzó los chanclos y salió a la calle. Una vez fuera, respiró con alivio para sentirse liberada para siempre de Riabovski y de la pintura a la vez, así como de la turbación angustiosa que la oprimía en aquel taller. ¡Todo terminó!

Se encaminó a casa de la modista, visitó a Barnay, que había regresado la víspera, y de allí fue a una casa de música. Y en todo aquel tiempo no dejó de pensar en lo que le escribiría a Riabovski: una carta fría, dura y colmada de dignidad. En primavera o en verano iría con Dymov a Crimea, donde se liberaría definitivamente de su pasado para comenzar una nueva vida.

Cuando regresó a casa tarde esa noche, se sentó en el salón sin mudarse la ropa y comenzó a escribir la carta. Riabovski había aseverado que no valía para pintora. Pues ella ahora se vengaría escribiéndole que pintaba cada año lo mismo y decía lo mismo cada día, que estaba estancado y no avanzaría más de lo que ya lo había hecho. También quería expresarle lo mucho que él le debía por su beneficiosa influencia y que, si se portaba mal con ella, se debía a que tal influencia se veía anulada por elementos de naturaleza confusa como el que hoy se escondía tras aquel cuadro.

—¡Olga Ivánovna! —se oyó la voz de Dymov tras la puerta cerrada del despacho—. ¡Olga Ivánovna!

—¿Qué quieres?

—No entres aquí. Solo quiero que te acerques a la puerta. Mira… Hace tres días que me contagié de difteria en el hospital y… no me encuentro muy bien. Manda llamar a Korosteliovich lo antes posible.

Olga Ivánovna llamaba a su marido, como a todos los hombres que conocía, por su apellido y no por su nombre, que además, en el caso de su marido —cuyo nombre era Ósip—, no le gustaba nada porque le recordaba al Ósip de Gógol[16] y a un chabacano juego de palabras. Pero aun así, exclamó:

—¡Ósip, no es posible!

—¡Por favor, manda que lo llamen! No me encuentro muy bien —dijo Dymov tras la puerta, y se oyeron pasos cuando se acercaba para acostarse en el diván—. Manda llamarlo —se oyó de nuevo.

---

[16] Hace referencia a *El inspector*, una comedia satírica del escritor ruso de origen ucraniano Nikolái Gógol.

«Pero ¿qué está sucediendo? —pensó Olga Ivánovna, muerta de miedo—. ¡Esto es muy peligroso!».

Sin necesidad, tomó una vela y fue a su dormitorio. Allí, mientras pensaba en lo que debía hacer, se miró en el espejo casualmente. Su rostro, pálido y temeroso, la blusa de mangas altas, los volantes amarillos del pecho, la inclinación de las rayas de su falda... Se vio toda ella espantosa y repugnante. Entonces sintió por Dymov una dolorosa compasión, se apiadó de su amor infinito hacia ella, de su joven vida y hasta de la abandonada cama en la que hacía tanto tiempo que no dormía. Recordó su habitual sonrisa humilde y dócil. Se puso a llorar con gran amargura y escribió una nota implorando ayuda a Korosteliovich. Eran las dos de la madrugada.

8

Cuando Olga Ivánovna, pasadas las siete de la mañana, con la cabeza embotada por la noche en blanco, fea, despeinada y con expresión de culpabilidad, salió de la alcoba, pasó a su lado, con dirección al recibidor, un señor de barba negra, médico al parecer. Olía a medicamento. Korosteliovich se encontraba junto a la puerta del despacho dando vueltas con su mano derecha a la parte izquierda de su bigote.

—Perdone, pero no voy a permitirle que pase a verlo —dijo taciturno a Olga Ivánovna—. Puede contagiarse. Además, ¿qué falta hace? De todos modos, está delirando.

—¿De verdad es difteria lo que padece?

—A los que ponen su cabeza bajo el hacha habría que llevarlos a juicio —murmuró Korosteliovich sin responder a la pregunta de Olga Ivánovna—. ¿Sabe cómo se contagió? Fue este martes cuando le sacaba unas placas diftéricas a un niño. ¿Para qué?, me pregunto. ¡Qué estupidez! Fue por una estupidez.

—¿Es peligroso? ¿Mucho? —preguntó Olga Ivánovna.

—Sí, dicen que es maligna. Habría que mandar venir a Shrek.

Y vino un hombre pequeño y pelirrojo, con una larga nariz y acento judío; luego, uno alto, cargado de hombros y con la cabellera enmarañada, que parecía un sacristán; después, uno joven, grueso, colorado y con lentes. Eran doctores que se quedaban a velar a su colega. Terminado su turno, Korosteliovich no se iba a casa, se quedaba y deambulaba como una sombra por las habitaciones. La sirvienta daba té a los médicos y a menudo iba a la botica, y no se quedaba nadie para recoger la casa. Un ambiente de lo más silencioso y triste.

Olga Ivánovna, sentada en su alcoba, pensaba que Dios la estaba castigando por engañar a su esposo. Aquel hombre silencioso, resignado, poco comprendido y carente de personalidad por su docilidad y con carácter, aquel ser débil por su bondad, sufría en la lejanía de su diván, en silencio y sin queja alguna. Y si se hubiera quejado, aun en medio de su delirio, los médicos que lo curaban se habrían enterado de que no todo era debido a la difteria. Si no, que le preguntasen a Korosteliovich. Él lo sabía todo, y seguramente por eso miraba a la mujer de su amigo con unos ojos que parecían señalar que ella era justamente la principal y verdadera causa de su maligno padecimiento, que la difteria era solo un cómplice. Olga Ivánovna ya había olvidado la tarde de luna en el Volga, las declaraciones amorosas y la poética existencia en la isba. Solo le venía a la cabeza la idea de que por un sutil capricho, por mera diversión, había hundido sus manos y sus pies en algo sucio y pringoso, algo imposible ya de limpiar de su cuerpo.

«¡Cómo lo he engañado! ¡Qué horrible! —pensaba al recordar sus amores turbulentos con el pintor— ¡Maldita sea...!».

Almorzó a las cuatro con Korosteliovich. Él no probó bocado. Solo bebió vino tinto mientras fruncía el ceño. Ella tampoco comió nada. A veces rezaba en silencio y le prometía a Dios que si Dymov se curaba, lo amaría otra vez y se convertiría en su leal esposa. Otras, olvidándolo todo, miraba a Korosteliovich y pensaba: «¡Qué aburrido debe ser un hombre tan sencillo, sin nada que destaque, un desconocido que además tiene ese rostro marchito y unos modales tan vulgares!».

Otras veces creía que Dios la fulminaría al instante, pues, por miedo de contagiarse, no había entrado ni una sola vez en el despacho donde sufría su marido. Por lo general, tenía una sensación sórdida y de angustia. Se había convencido de que la vida se había ido al traste y de que no había manera de arreglarla.

Acabada la comida comenzó a oscurecer. Cuando Olga Ivánovna entró en la sala, Korosteliovich dormía en el sofá con la cabeza apoyada en un almohadón de seda bordado en oro. Roncaba: «jjjji-ua... jjjji-ua...».

Ni los doctores que llegaban y se marchaban tras velar al enfermo eran conscientes del desorden que reinaba en aquella casa. Que un extraño durmiese en la sala y roncase, los cuadros de la pared, la decoración tan curiosa, que la dueña de la casa estuviese despeinada y vestida de cualquier manera, no les suscitaba el más mínimo interés. Uno de los médicos se rio por algo, sin pretenderlo, y su risa sonó tan extraña y deprimida, que resultó espantosa.

Cuando en otro momento, Olga Ivánovna entró en la sala, Korosteliovich ya no dormía en el sofá, estaba sentado fumando.

—Padece difteria nasal —dijo a media voz—. Le comienza a fallar el corazón. Resumiendo, las cosas van mal.

—Mande llamar a Shrek —dijo Olga Ivánovna.

—Ya ha estado aquí. Él fue quien se dio cuenta de que la difteria había pasado a la nariz. ¿Y quién es Shrek? Resumiendo, no se puede hacer nada. Él es Shrek, yo soy Korosteliovich. Eso es todo.

El tiempo discurría con una levedad exasperante. Olga Ivánovna estaba tumbada en la cama, vestida, pues no se había arreglado desde la mañana, y dormía. Tenía la impresión de que todo el piso, desde el techo al suelo, estaba ocupado por un gran trozo de hierro y que bastaba con sacarlo para que reinase de nuevo la alegría y la paz. Pero al despertarse recordó que no se trataba de un trozo de hierro, sino de la enfermedad de su marido.

«Naturaleza, muerte...», pensaba mientras dejaba vagar su mente bajo un estado de sopor, «deporte, norte... ¿Y Shrek? Shrek, rec, sgrec... ¿Dónde están mis amigos en este momento? ¿Conocerán nuestra desgracia? ¡Dios mío, ayúdanos! ¡Sálvalo! Shrec, rec...».

Y de nuevo la imagen del trozo de hierro. El tiempo pasaba con lentitud, el reloj del piso de abajo sonaba frecuentemente. El timbre no paraba de sonar. Acudían médicos... La criada entró con un vaso vacío en una bandeja y preguntó:

—Señora, ¿desea que haga la cama?

Y salió sin obtener respuesta. Sonaron las campanas del reloj. Olga Ivánovna soñó con un día lluvioso en el Volga. Entró alguien de nuevo en el dormitorio, tal vez un extraño. Olga Ivánovna se levantó y reconoció a Korosteliovich.

—¿Qué hora es? —preguntó Olga Ivánovna.

—Casi las tres.

—¿Y?

—¡Pues que quiere que sea! Vengo a decirle que se acaba.

El hombre empezó a sollozar y se sentó en la cama, a su lado, enjugándose las lágrimas con la mano. Ella no pareció entenderlo al principio, pero luego se quedó helada y se santiguó lentamente.

—Se está muriendo... —dijo con la voz quebrada Korosteliovich, y continuó sollozando—. Se muere porque ha arriesgado su vida. ¡Una pérdida para la ciencia! —exclamó amargamente—. ¡En comparación con todos nosotros era un hombre extraordinario! ¡Qué dones! ¡Qué esperanza depositábamos en él! —continuó mientras se estrujaba las manos—. ¡Dios Santo, se habría convertido en un sabio de esos que ahora tanto escasean! ¡Oska Dymov! ¡Oska Dymov! ¡Qué has hecho! ¡Ay, Dios Santo!

Korosteliovich se ocultó el rostro desesperadamente con las manos y agitó la cabeza:

—¡Menuda fuerza moral tenía! —siguió diciendo con el tono más airado—. Un alma buena y pura, colmada de amor. No era un simple hombre. ¡Era puro cristal! Ha servido a la ciencia y ha dado su vida por ella. Trabajaba día y noche, sin descanso, y nadie se apiadó de él. ¡Un joven con proyección, un futuro profesor, y debía atender pacientes privados y traducir por las noches para pagar todos estos... estos miserables trapitos!

Korosteliovich lanzó una mirada de odio a Olga Ivánovna, agarró la sábana con las manos y airado le dio un potente tirón, como si ella tuviese la culpa.

—¡Ni siquiera él tuvo piedad de sí mismo! ¡Y nadie tuvo piedad de él! ¿Qué más se puede decir?

—¡Sí, un hombre único! —dijo alguien en el salón.

A Olga Ivánovna le llegó a la memoria toda la vida junto a su esposo, de principio a fin, con cada detalle. De pronto comprendió que era un hombre extraordinario como pocos y una gran persona, sobre todo si se le comparaba con sus amistades. Recordando cómo lo trataba su difunto padre y todos sus colegas médicos, comprendió que todos vislumbraban en él a un futuro genio. Y en ese momento las paredes, el techo, la lámpara y las alfombras temblaron como si se estuviesen burlando y quisiesen decir: «¡Se te ha escapado, se te ha escapado!». Sumida en sollozos, la mujer corrió por las habitaciones, pasó al lado de un extraño, y entró en el despacho donde yacía su marido. Se hallaba inmóvil sobre la cama turca, cubierto con una manta hasta la cintura. Tenía el rostro terriblemente demacrado, escuálido, de un color gris amarillento que nunca muestran los vivos. En él solo se podía reconocer a Dymov por la frente, sus negras cejas, y su particular sonrisa.

Olga Ivánovna le palpó el pecho, la frente y las manos. El primero despedía aún calor, pero la frente y las manos estaban desagradablemente gélidas. Sus ojos semiabiertos no miraban a Olga Ivánovna, sino la manta.

—¡Dymov! —gritó—. ¡Dymov!

Quiso explicarle que todo había sido un error, que aún no se había perdido todo, que la vida todavía podía ser maravillosa y llena de felicidad, que él era un hombre extraordinario, un ser inconmensurable y grande, que lo veneraría el resto de su vida, rezaría por él y sería una esposa ejemplar.

—¡Dymov! —lo llamaba mientras le sacudía el hombro, sin poder creer que ya no despertaría jamás—. ¡Dymov!

Mientras tanto, en el salón, Korosteliovich le decía a la criada:

—¡Menuda pregunta! Vaya usted a la caseta contigua a la iglesia y pregunte en ella por las huérfanas. Ellas se encargarán de lavarlo, arreglarlo y de todo lo que sea necesario.

¡ADIÓS, CORDERA!

Leopoldo Alas «Clarín»

Eran tres: ¡siempre los tres! Rosa, Pinín y la Cordera.

El *prao*[17] Somonte era un recorte triangular de terciopelo verde tendido, como una colgadura, cuesta abajo por la loma. Uno de sus ángulos, el inferior, lo despuntaba el camino de hierro de Oviedo a Gijón. Un palo del telégrafo, plantado allí como pendón de conquista, con sus jícaras blancas y sus alambres paralelos, a derecha e izquierda, representaba para Rosa y Pinín el ancho mundo desconocido, misterioso, temible, eternamente ignorado. Pinín, después de pensarlo mucho, cuando a fuerza de ver días y días el poste tranquilo, inofensivo, campechano, con ganas, sin duda, de aclimatarse en la aldea y parecerse todo lo posible a un árbol seco, fue atreviéndose con él, llevó la confianza al extremo de abrazarse al leño y trepar hasta cerca de los alambres. Pero nunca llegaba a tocar la porcelana de arriba, que le recordaba las jícaras que había visto en la rectoral de Puao. Al verse tan cerca del misterio sagrado, le acometía un pánico de respeto, y se dejaba resbalar de prisa hasta tropezar con los pies en el césped.

Rosa, menos audaz, pero más enamorada de lo desconocido, se contentaba con arrimar el oído al palo del telégrafo, y minutos, y hasta cuartos de hora, pasaba escuchando los formidables rumores metálicos que el viento arrancaba a las fibras del pino seco en contacto con el alambre. Aquellas vibraciones, a veces intensas como las del diapasón, que, aplicado al oído, parece

---

[17] «Prado» en lengua asturiana.

que quema con su vertiginoso latir, eran para Rosa los papeles que pasaban, las cartas que se escribían por los hilos, el lenguaje incomprensible que lo ignorado hablaba con lo ignorado; ella no tenía curiosidad por entender lo que los de allá, tan lejos, decían a los del otro extremo del mundo. ¿Qué le importaba? Su interés estaba en el ruido por el ruido mismo, por su timbre y su misterio.

La Cordera, mucho más formal que sus compañeros, verdad es que, relativamente, de edad también mucho más madura, se abstenía de toda comunicación con el mundo civilizado y miraba de lejos el palo del telégrafo como lo que era para ella, efectivamente, como cosa muerta, inútil, que no le servía siquiera para rascarse. Era una vaca que había vivido mucho. Sentada horas y horas, pues, experta en pastos, sabía aprovechar el tiempo, meditaba más que comía, gozaba del placer de vivir en paz, bajo el cielo gris y tranquilo de su tierra, como quien alimenta el alma, que también tienen los brutos; y si no fuera profanación, podría decirse que los pensamientos de la vaca matrona, llena de experiencia, debían de parecerse todo lo posible a las más sosegadas y doctrinales odas de Horacio.

Asistía a los juegos de los pastorcicos encargados de *llindarla*,[18] como una abuela. Si pudiera, se sonreiría al pensar que Rosa y Pinín tenían por misión en el prado cuidar de que ella, la Cordera, no se extralimitase, no se metiese por la vía del ferrocarril ni saltara a la heredad vecina. ¡Qué había de saltar! ¡Qué se había de meter!

Pastar de cuando en cuando, no mucho, cada día menos, pero con atención, sin perder el tiempo en levantar la cabeza por curiosidad necia, escogiendo sin vacilar los mejores bocados, y, después, sentarse sobre el cuarto trasero con delicia, a rumiar la vida, a gozar el deleite del no padecer, del dejarse existir: esto era lo que ella tenía que hacer, y todo lo demás aventuras peligrosas. Ya no recordaba cuándo le había picado la mosca.

---

[18] Vigilarla.

«El *xatu* (el toro), los saltos locos por las praderas adelante...
¡todo eso estaba tan lejos!».

Aquella paz solo se había turbado en los días de prueba de
la inauguración del ferrocarril. La primera vez que la Cordera
vio pasar el tren, se volvió loca. Saltó la sebe de lo más alto del
Somonte, corrió por prados ajenos, y el terror duró muchos días,
renovándose, más o menos violento, cada vez que la máquina
asomaba por la trinchera vecina. Poco a poco se fue acostum-
brando al estrépito inofensivo. Cuando llegó a convencerse de
que era un peligro que pasaba, una catástrofe que amenazaba sin
dar, redujo sus precauciones a ponerse en pie y a mirar de frente,
con la cabeza erguida, al formidable monstruo; más adelante no
hacía más que mirarle, sin levantarse, con antipatía y desconfianza; acabó por no mirar al tren siquiera.

En Pinín y Rosa, la novedad del ferrocarril produjo impresiones más agradables y persistentes. Si al principio era una alegría
loca, algo mezclada de miedo supersticioso, una excitación nerviosa, que les hacía prorrumpir en gritos, gestos, pantomimas
descabelladas, después fue un recreo pacífico, suave, renovado
varias veces al día. Tardó mucho en gastarse aquella emoción
de contemplar la marcha vertiginosa, acompañada del viento, de
la gran culebra de hierro, que llevaba dentro de sí tanto ruido y
tantas castas de gentes desconocidas, extrañas.

Pero telégrafo, ferrocarril, todo eso, era lo de menos: un acci-
dente pasajero que se ahogaba en el mar de soledad que rodeaba
el *prao* Somonte. Desde allí no se veía vivienda humana; allí no
llegaban ruidos del mundo más que al pasar el tren. Mañanas sin
fin, bajo los rayos del sol a veces, entre el zumbar de los insectos,
la vaca y los niños esperaban la proximidad del mediodía para
volver a casa. Y luego, tardes eternas, de dulce tristeza silenciosa,
en el mismo prado, hasta venir la noche, con el lucero vesper-
tino por testigo mudo en la altura. Rodaban las nubes allá arriba,
caían las sombras de los árboles y de las peñas en la loma y en
la cañada, se acostaban los pájaros, empezaban a brillar algunas

estrellas en lo más oscuro del cielo azul, y Pinín y Rosa, los niños gemelos, los hijos de Antón de Chinta, teñida el alma de la dulce serenidad soñadora de la solemne y seria Naturaleza, callaban horas y horas, después de sus juegos, nunca muy estrepitosos, sentados cerca de la Cordera, que acompañaba el augusto silencio de tarde en tarde con un blando son de perezosa esquila.

En este silencio, en esta calma inactiva, había amores. Se amaban los dos hermanos como dos mitades de un fruto verde, unidos por la misma vida, con escasa conciencia de lo que en ellos era distinto, de cuanto los separaba; amaban Pinín y Rosa a la Cordera, la vaca abuela, grande, amarillenta, cuyo testuz parecía una cuna. La Cordera recordaría a un poeta la zavala del Ramayana, la vaca santa; tenía en la amplitud de sus formas, en la solemne serenidad de sus pausados y nobles movimientos, aires y contornos de ídolo destronado, caído, contento con su suerte, más satisfecha con ser vaca verdadera que dios falso. La Cordera, hasta donde es posible adivinar estas cosas, puede decirse que también quería a los gemelos encargados de apacentarla.

Era poco expresiva; pero la paciencia con que los toleraba cuando en sus juegos ella les servía de almohada, de escondite, de montura, y para otras cosas que ideaba la fantasía de los pastores, demostraba tácitamente el afecto del animal pacífico y pensativo.

En tiempos difíciles, Pinín y Rosa habían hecho por la Cordera los imposibles de solicitud y cuidado. No siempre Antón de Chinta había tenido el prado Somonte. Este regalo era cosa relativamente nueva. Años atrás, la Cordera tenía que salir a la gramática, esto es, a apacentarse como podía, a la buena ventura de los caminos y callejas de las rapadas y escasas praderías del común, que tanto tenían de vía pública como de pastos. Pinín y Rosa, en tales días de penuria, la guiaban a los mejores altozanos, a los parajes más tranquilos y menos esquilmados, y la

154

libraban de las mil injurias a que están expuestas las pobres reses que tienen que buscar su alimento en los azares de un camino.

En los días de hambre, en el establo, cuando el heno escaseaba, y el narvaso para *estrar*[19] el lecho caliente de la vaca faltaba también, a Rosa y a Pinín debía la Cordera mil industrias que le hacían más suave la miseria. ¡Y qué decir de los tiempos heroicos del parto y la cría, cuando se entablaba la lucha necesaria entre el alimento y regalo de la nación y el interés de los Chintos, que consistía en robar a las ubres de la pobre madre toda la leche que no fuera absolutamente indispensable para que el ternero subsistiese! Rosa y Pinín, en tal conflicto, siempre estaban de parte de la Cordera, y en cuanto había ocasión, a escondidas, soltaban el recental, que, ciego y como loco, a testaradas contra todo, corría a buscar el amparo de la madre, que le albergaba bajo su vientre, volviendo la cabeza agradecida y solícita, diciendo, a su manera:

—Dejad a los niños y a los recentales que vengan a mí.

Estos recuerdos, estos lazos, son de los que no se olvidan.

Añádase a todo que la Cordera tenía la mejor pasta de vaca sufrida del mundo. Cuando se veía emparejada bajo el yugo con cualquier compañera, fiel a la gamella, sabía someter su voluntad a la ajena, y horas y horas se la veía con la cerviz inclinada, la cabeza torcida, en incómoda postura, velando en pie mientras la pareja dormía en tierra.

Antón de Chinta comprendió que había nacido para pobre cuando palpó la imposibilidad de cumplir aquel sueño dorado suyo de tener un corral propio con dos yuntas por lo menos. Llegó, gracias a mil ahorros, que eran mares de sudor y purgatorios de privaciones, llegó a la primera vaca, la Cordera, y no pasó de ahí; antes de poder comprar la segunda se vio obligado, para pagar atrasos al amo, el dueño de la casería que llevaba en renta, a llevar al mercado a aquel pedazo de sus entrañas, la Cordera, el amor de sus hijos. Chinta había muerto a los dos años

[19] Cubrir.

de tener la Cordera en casa. El establo y la cama del matrimonio estaban pared por medio, llamando pared a un tejido de ramas de castaño y de cañas de maíz. La Chinta, musa de la economía en aquel hogar miserable, había muerto mirando a la vaca por un boquete del destrozado tabique de ramaje, señalándola como salvación de la familia.

«Cuidadla, es vuestro sustento», parecían decir los ojos de la pobre moribunda, que murió extenuada de hambre y de trabajo.

El amor de los gemelos se había concentrado en la Cordera; el regazo, que tiene su cariño especial, que el padre no puede reemplazar, estaba al calor de la vaca, en el establo, y allá, en el Somonte.

Todo esto lo comprendía Antón a su manera, confusamente. De la venta necesaria no había que decir palabra a los *neños*.[20] Un sábado de julio, al ser de día, de mal humor Antón, echó a andar hacia Gijón, llevando la Cordera por delante, sin más atavío que el collar de esquila. Pinín y Rosa dormían. Otros días había que despertarlos a azotes. El padre los dejó tranquilos. Al levantarse se encontraron sin la Cordera. «Sin duda, mio pá la había llevado al xatu».[21] No cabía otra conjetura. Pinín y Rosa opinaban que la vaca iba de mala gana; creían ellos que no deseaba más hijos, pues todos acababa por perderlos pronto, sin saber cómo ni cuándo.

Al oscurecer, Antón y la Cordera entraban por la *corrada*[22] mohínos, cansados y cubiertos de polvo. El padre no dio explicaciones, pero los hijos adivinaron el peligro.

No había vendido, porque nadie había querido llegar al precio que a él se le había puesto en la cabeza. Era excesivo: un sofisma del cariño. Pedía mucho por la vaca para que nadie se atreviese a llevársela. Los que se habían acercado a intentar fortuna se habían alejado pronto echando pestes de aquel hombre

---

[20] Niños.
[21] Sin duda, mi padre la ha llevado al toro.
[22] Corral.

que miraba con ojos de rencor y desafío al que osaba insistir en acercarse al precio fijo en que él se abroquelaba. Hasta el último momento del mercado estuvo Antón de Chinta en el Humedal, dando plazo a la fatalidad. «No se dirá —pensaba— que yo no quiero vender: son ellos que no me pagan la Cordera en lo que vale». Y, por fin, suspirando, si no satisfecho, con cierto consuelo, volvió a emprender el camino por la carretera de Candás adelante, entre la confusión y el ruido de cerdos y novillos, bueyes y vacas, que los aldeanos de muchas parroquias del contorno conducían con mayor o menor trabajo, según eran de antiguo las relaciones entre dueños y bestias.

En el Natahoyo, en el cruce de dos caminos, todavía estuvo expuesto el de Chinta a quedarse sin la Cordera; un vecino de Carrió que le había rondado todo el día ofreciéndole pocos duros[23] menos de los que pedía, le dio el último ataque, algo borracho.

El de Carrió subía, subía, luchando entre la codicia y el capricho de llevar la vaca. Antón, como una roca. Llegaron a tener las manos enlazadas, parados en medio de la carretera, interrumpiendo el paso... Por fin, la codicia pudo más; el pico de los cincuenta los separó como un abismo; se soltaron las manos, cada cual tiró por su lado; Antón, por una calleja que, entre madreselvas que aún no florecían y zarzamoras en flor, le condujo hasta su casa.

Desde aquel día en que adivinaron el peligro, Pinín y Rosa no sosegaron. A media semana se personó el mayordomo en el corral de Antón. Era otro aldeano de la misma parroquia, de malas pulgas, cruel con los caseros atrasados. Antón, que no admitía reprimendas, se puso lívido ante las amenazas de desahucio.

El amo no esperaba más. Bueno, vendería la vaca a vil precio, por una merienda. Había que pagar o quedarse en la calle.

[23] Monedas de cinco pesetas.

Al sábado inmediato acompañó al Humedal Pinín a su padre. El niño miraba con horror a los contratistas de carnes, que eran los tiranos del mercado. La Cordera fue comprada en su justo precio por un rematante de Castilla. Se la hizo una señal en la piel y volvió a su establo de Puao, ya vendida, ajena, tañendo tristemente la esquila. Detrás caminaban Antón de Chinta, taciturno, y Pinín, con ojos como puños. Rosa, al saber la venta, se abrazó al testuz de la Cordera, que inclinaba la cabeza a las caricias como al yugo.

«¡Se iba la vieja!», pensaba con el alma destrozada Antón el huraño.

«Ella ser, era una bestia, pero sus hijos no tenían otra madre ni otra abuela».

Aquellos días en el pasto, en la verdura del Somonte, el silencio era fúnebre. La Cordera, que ignoraba su suerte, descansaba y pacía como siempre, *sub specie aeternitatis*,[24] como descansaría y comería un minuto antes de que el brutal porrazo la derribase muerta. Pero Rosa y Pinín yacían desolados, tendidos sobre la hierba, inútil en adelante. Miraban con rencor los trenes que pasaban, los alambres del telégrafo. Era aquel mundo desconocido, tan lejos de ellos por un lado, y por otro el que les llevaba su Cordera.

El viernes, al oscurecer, fue la despedida. Vino un encargado del rematante de Castilla por la res. Pagó; bebieron un trago Antón y el comisionado, y se sacó a la quintana la Cordera. Antón había apurado la botella; estaba exaltado; el peso del dinero en el bolsillo le animaba también. Quería aturdirse. Hablaba mucho, alababa las excelencias de la vaca. El otro sonreía, porque las alabanzas de Antón eran impertinentes. ¿Que daba la res tantos y tantos *xarros*[25] de leche? ¿Que era noble en el yugo, fuerte con la carga? ¿Y qué, si dentro de pocos días había de estar reducida a chuletas y otros bocados suculentos? Antón no quería imaginar

---

[24] Expresión latina que significa aproximadamente «al margen del tiempo».
[25] Jarros.

esto; se la figuraba viva, trabajando, sirviendo a otro labrador, olvidada de él y de sus hijos, pero viva, feliz… Pinín y Rosa, sentados sobre el montón de cucho, recuerdo para ellos sentimental de la Cordera y de los propios afanes, unidos por las manos, miraban al enemigo con ojos de espanto y en el supremo instante se arrojaron sobre su amiga; besos, abrazos: hubo de todo. No podían separarse de ella. Antón, agotada de pronto la excitación del vino, cayó como un marasmo; cruzó los brazos, y entró en el corral oscuro. Los hijos siguieron un buen trecho por la calleja, de altos setos, el triste grupo del indiferente comisionado y la Cordera, que iba de mala gana con un desconocido y a tales horas. Por fin, hubo que separarse. Antón, malhumorado clamaba desde casa:

—Bah, bah, *neños*, acá vos digo; basta de *pamemes*.[26]

Así gritaba de lejos el padre con voz de lágrimas.

Caía la noche; por la calleja oscura que hacían casi negra los altos setos, formando casi bóveda, se perdió el bulto de la Cordera, que parecía negra de lejos. Después no quedó de ella más que el tintán pausado de la esquila, desvanecido con la distancia, entre los chirridos melancólicos de cigarras infinitas.

—¡Adiós, Cordera! —gritaba Rosa deshecha en llanto—. ¡Adiós, Cordera de mío alma!

—¡Adiós, Cordera! —repetía Pinín, no más sereno.

—Adiós —contestó por último, a su modo, la esquila, perdiéndose su lamento triste, resignado, entre los demás sonidos de la noche de julio en la aldea.

Al día siguiente, muy temprano, a la hora de siempre, Pinín y Rosa fueron al *prao* Somonte. Aquella soledad no lo había sido nunca para ellos hasta aquel día. El Somonte sin la Cordera parecía el desierto.

De repente silbó la máquina, apareció el humo, luego el tren. En un furgón cerrado, en unas estrechas ventanas altas o respi-

---

[26] Pamemas, melindres.

raderos, vislumbraron los hermanos gemelos cabezas de vacas que, pasmadas, miraban por aquellos tragaluces.

—¡Adiós, Cordera! —gritó Rosa, adivinando allí a su amiga, a la vaca abuela.

—¡Adiós, Cordera! —vociferó Pinín con la misma fe, enseñando los puños al tren, que volaba camino de Castilla.

Y, llorando, repetía el rapaz, más enterado que su hermana de las picardías del mundo:

—La llevan al matadero... Carne de vaca, para comer los señores, los curas... los indianos.

—¡Adiós, Cordera!

—¡Adiós, Cordera!

Y Rosa y Pinín miraban con rencor la vía, el telégrafo, los símbolos de aquel mundo enemigo, que les arrebataba, que les devoraba a su compañera de tantas soledades, de tantas ternuras silenciosas, para sus apetitos, para convertirla en manjares de ricos glotones...

—¡Adiós, Cordera!...

—¡Adiós, Cordera!...

Pasaron muchos años. Pinín se hizo mozo y se lo llevó el rey. Ardía la guerra carlista. Antón de Chinta era casero de un cacique de los vencidos; no hubo influencia para declarar inútil a Pinín, que, por ser, era como un roble.

Y una tarde triste de octubre, Rosa, en el *prao* Somonte sola, esperaba el paso del tren correo de Gijón, que le llevaba a sus únicos amores, su hermano. Silbó a lo lejos la máquina, apareció el tren en la trinchera, pasó como un relámpago. Rosa, casi metida por las ruedas, pudo ver un instante en un coche de tercera multitud de cabezas de pobres quintos que gritaban, gesticulaban, saludando a los árboles, al suelo, a los campos, a toda la patria familiar, a la pequeña, que dejaban para ir a morir en las luchas fratricidas de la patria grande, al servicio de un rey y de unas ideas que no conocían.

Pinín, con medio cuerpo fuera de una ventanilla, tendió los brazos a su hermana; casi se tocaron. Y Rosa pudo oír entre el estrépito de las ruedas y la gritería de los reclutas la voz distinta de su hermano, que sollozaba, exclamando, como inspirado por un recuerdo de dolor lejano:

—¡Adiós, Rosa!... ¡Adiós, Cordera!

—¡Adiós, Pinínl ¡Pinín de mío alma!...

«Allá iba, como la otra, como la vaca abuela. Se lo llevaba el mundo. Carne de vaca para los glotones, para los indianos; carne de su alma, carne de cañón para las locuras del mundo, para las ambiciones ajenas».

Entre confusiones de dolor y de ideas, pensaba así la pobre hermana viendo el tren perderse a lo lejos, silbando triste, con silbido que repercutían los castaños, las vegas y los peñascos...

¡Qué sola se quedaba! Ahora sí, ahora sí que era un desierto el *prao* Somonte.

—¡Adiós, Pinín! ¡Adiós, Cordera!

Con qué odio miraba Rosa la vía manchada de carbones apagados; con qué ira los alambres del telégrafo. ¡Oh!, bien hacía la Cordera en no acercarse. Aquello era el mundo, lo desconocido, que se lo llevaba todo. Y sin pensarlo, Rosa apoyó la cabeza sobre el palo clavado como un pendón en la punta del Somonte. El viento cantaba en las entrañas del pino seco su canción metálica. Ahora ya lo comprendía Rosa. Era canción de lágrimas, de abandono, de soledad, de muerte.

En las vibraciones rápidas, como quejidos, creía oír, muy lejana, la voz que sollozaba por la vía adelante:

—¡Adiós, Rosa! ¡Adiós, Cordera!

EL CHICO QUE AMABA UNA TUMBA

Fitz James O'Brien

Muy lejos, en el corazón de un solitario país, se alzaba una vetusta y solitaria iglesia. Ya no enterraban en su patio a los muertos, pues hacía ya mucho tiempo que había dejado de funcionar. Su alta hierba alimentaba ahora a algunas cabras salvajes que trepaban por la ruinosa tapia y se paseaban por el triste desierto de sepulturas. El camposanto estaba rodeado de sauces y sombríos cipreses. Su herrumbroso portón de hierro, rara vez abierto, si es que lo abrían, crujía cuando el viento agitaba sus goznes, como si un alma perdida, condenada a vagar para siempre en aquel lugar desolado, sacudiese los barrotes y gimiese por su terrible prisión.

En este camposanto había una tumba que no se parecía a las otras. La lápida no tenía nombre, pero en su lugar había una rara escultura de un sol saliendo del mar. El sepulcro era diminuto y estaba invadido por una espesa capa de retama y ortigas. Por sus dimensiones cabría suponer que correspondía a un niño de pocos años.

No muy lejos de allí, un niño vivía con sus padres en una triste casita. Era un niño soñador de ojos negros, que nunca jugaba con los demás niños del barrio. Le encantaba correr por los campos, tumbarse junto al río a ver caer las hojas y crecer el agua mientras los lirios mecían sus blancos pétalos al ritmo del arroyo. No era sorprendente que su vida fuese triste y solitaria porque sus padres eran personas crueles y brutales que bebían y discutían todo el día y toda la noche. El escándalo de sus discusiones llegaba a los vecinos que vivían en el pueblo bajo la colina en las calurosas noches estivales.

El niño tenía miedo de aquellas terribles disputas, y su alma joven se encogía siempre que escuchaba las maldiciones y los golpes en la miserable casa. Por eso huía a los campos, donde todo parecía tan tranquilo y puro, y hablaba en voz baja con los lirios como si fuesen sus amigos. De esta manera, un día encontró el antiguo camposanto y comenzó a caminar entre las lápidas cubiertas de maleza, leyendo los nombres de las personas que habían abandonado este mundo hace años.

Por alguna razón, la pequeña sepultura anónima y olvidada atrajo su atención más que las demás. El extraño sol naciente desde el mar era una fuente constante de misterio y asombro para él. Así, tanto de día como de noche, cuando la ira de sus padres lo asustaba y lo alejaba de su casa, iba allí y se tumbaba entre la espesa maleza, pensando en quién podría estar enterrado debajo. Con el tiempo, su amor por la pequeña sepultura se hizo tan fuerte que la decoró a su gusto infantil. Arrancó las retamas, las ortigas y las malas hierbas que oscurecían la piedra, y recortó la hierba hasta que se volvió espesa y suave como la alfombra del cielo. Luego trajo plántulas de las verdes colinas, de los caminos de rocío donde los espinos esparcen sus flores blancas, amapolas rojas de los campos de maíz, campanillas azules del corazón del bosque y las plantó alrededor de la sepultura. Con las ramas flexibles de una mimbrera, trenzó una sencilla valla a su alrededor y raspó el moho que crecía sobre la lápida hasta que la pequeña sepultura pareció la de una hermosa hada.

Entonces se sintió feliz. Durante los largos días estivales, le gustaba acostarse allí, rodeando con los brazos el abultado montículo, mientras un suave y voluble viento lo tocaba y tímidamente y le levantaba el cabello. Desde el otro lado de la colina le llegaban los gritos de los niños que jugaban en el pueblo. A veces uno de ellos venía y le proponía participar en el juego, pero él lo miraba con sus serenos ojos negros y le respondía en voz baja que no. El niño sorprendido se iba en silencio y susurraba con sus compañeros sobre el niño que amaba una sepultura. Era cierto que le encantaba aquel camposanto más que cualquier otro juego. El silencio del lugar, el aroma a flores silvestres, los rayos dorados que atravesaban los árboles y jugaban en la hierba eran una alegría para él. Se acostaba bocarriba durante horas pensando en el cielo estival, observando cómo flotaban las nubes blancas y preguntándose si no serían las almas de las buenas personas las que regresaban al paraíso.

Pero cuando se acercaban nubarrones negros de tormenta llenas de lágrimas apasionadas y estallaban rebosantes de ruido y fuego, pensaba en volver a casa con sus malos padres, giraba sobre la sepultura y la presionaba con la mejilla como si fuese su hermano mayor. El verano se convirtió así en el otoño. Los árboles estaban tristes y temblorosos cuando se acercó al momento en que los vendavales los despojarían de su abrigo y la lluvia y las tormentas golpearían sus ramas desnudas. Las plántulas se pusieron pálidas y marchitas, pero en sus últimos instantes parecieron mirar al niño sonrientes, como diciendo:

No llores por nosotros porque regresaremos el año que viene.

Pero la tristeza de la temporada se apoderó de él a medida que se acercaba el invierno, y a menudo humedecía la pequeña sepultura con sus lágrimas y besaba la piedra gris como si besase a un amigo que estaba a punto de marcharse.

Una tarde, a finales de otoño, cuando los árboles se mostraban marrones y adustos y el viento en la colina parecía gritar con saña, el niño sentado junto a la sepultura oyó el crujido de la vieja puerta girando en sus goznes herrumbrosos y vio una extraña procesión que se acercaba a la lápida. Había cinco hombres. Dos portaban una caja larga cubierta con un paño negro, otros dos llevaban palas en las manos y el quinto, un hombre alto con el semblante consternado, envuelto en una larga capa, marchaba a la cabeza. Cuando el niño vio a estos hombres caminando por el camposanto, tropezando con las lápidas medio enterradas o deteniéndose a examinar las letras medio borradas, su corazoncito casi dejó de palpitar y se encogió detrás de la piedra gris con la rara escultura. Estaba muerto de miedo.

Los hombres iban de un lado a otro con el alto a la cabeza, escudriñando entre la hierba y, ocasionalmente, se detenían a consultarse.

Finalmente, el jefe se giró y caminó hacia la pequeña sepultura y, poniéndose en cuclillas, comenzó a mirar la lápida. La luna acababa de salir y su luz alumbraba la peculiar escultura del sol naciente en el mar. Entonces el hombre hizo señas a sus compañeros.

—Lo he encontrado —dijo—. Aquí está.

Los demás se acercaron al oírlo, y los cinco hombres se quedaron de pie mirando la sepultura. El pequeño detrás de la piedra no podía respirar. Los dos hombres que llevaban la caja la apoyaron en la hierba y retiraron la tela negra, y el niño vio un pequeño ataúd de ébano brillante con adornos de plata y en la tapa, también tallada en plata, una escultura de un sol que salía del mar. La luz de la luna bañaba todo esto.

—¡Ahora, manos a la obra! —dijo el hombre alto, e inmediatamente los dos hombres de las palas las hincaron en la pequeña sepultura.

El niño pensó que le partirían el corazón y no pudo contenerse, así que se arrojó al montículo y gritó sollozando:

—¡Oh, señor! ¡No toquéis mi pequeña sepultura! ¡Es lo único que me gusta de este mundo! No la toquéis, porque estoy ahí echado todo el día, abrazándola. Es como si fuese mi hermano. Me encargo de ella y recorto la hierba, y prometo que plantaré las flores más hermosas de la colina aquí si me la dejáis el año que viene.

—¡Calla, chico estúpido! —gruñó el hombre serio—. He venido a realizar una tarea sagrada. El que yacía aquí era un chico como tú, pero de sangre real, y sus antepasados descansan en palacios. No es apropiado que huesos como los suyos reposen en suelo corriente. Le espera un lujoso mausoleo al otro lado del mar. Nos lo llevamos para depositarlo en bóvedas de pórfido y mármol. Apártenlo, caballeros, y continúen con su trabajo.

Los hombres forcejearon y arrastraron al niño, lo dejaron tirado junto a la hierba, sollozando como si le partiesen el corazón, y cavaron en el montículo. A través de sus lágrimas, vio cómo reunían los huesos blancos y los depositaban en el ataúd de ébano. Oyó que la tapa se cerraba y vio que las palas volvían a poner la tierra negra en la fosa vacía. Se sintió despojado. Los hombres levantaron el ataúd y se fueron por donde habían venido. El portón crujió en los goznes una vez más y el niño se quedó solo.

Se marchó a casa en silencio, sin lágrimas y pálido como un fantasma. Mientras estaba acostado en la cama, llamó a su padre y le dijo que se estaba muriendo. Pidió que lo enterrasen en la pequeña sepultura que tenía una lápida gris con un sol que salía del mar. El padre se echó a reír y le dijo que se durmiese ya, pero por la mañana el niño había muerto.

Lo enterraron donde había pedido, y cuando la hierba estuvo alisada y el cortejo fúnebre se marchó, una nueva estrella surgió en el cielo aquella noche para ocuparse de la pequeña sepultura.

LA MUERTE DE JOHN

Louisa May Alcott

Apenas me hube instalado de nuevo cuando apareció la inevitable palangana y su portador me entregó un recado que esperaba, pero temía recibir:

—John se muere, señora, y quiere verla, si puede venir…

—En cuanto empiece a dormirse, despiértelo y avíseme si ve que voy a llegar demasiado tarde.

Mi Ganimedes se marchó y pensé en John, mientras calmaba al pobre Shaw. Llegó uno o dos días después que los demás y una noche, al entrar en mi «penosa habitación», vi que una cama recientemente vacía estaba ocupada por un corpulento hombre rubio, de rostro hermoso y la mirada más apacible que jamás haya conocido. Uno de los primeros en llegar había hablado con frecuencia de un amigo que se había quedado atrás, de que podrían alcanzar primero un refugio quienes aparentemente sufrían peores heridas que él. Era como una especie de amistad entre David y Jonathan. El hombre se intranquilizaba por su compañero y siempre se hacía lenguas de John: su arrojo, mesura, abnegación y bondad inagotable de corazón, y siempre terminaba diciendo: «Es un buen tipo, señora. Ya lo verá».

Sentía un poco de curiosidad por ver este dechado de excelencia y, cuando llegó, lo contemplé una o dos noches antes de acostumbrarme. Para ser sinceros, temía un poco al hombre majestuoso cuya cama tuvimos que alargar para que coincidiese con su imponente estatura. Raramente hablaba, no se quejaba, no pedía simpatía, pero miraba en silencio lo que sucedía a su alrededor. Mientras yacía en su almohada, ninguna imagen de un estadista o un guerrero moribundo estaba tan llena de verdadera dignidad como la de este herrero de Virginia. Tenía un rostro extremadamente atractivo, enmarcado por un cabello y barba castaños, bellamente representado y lleno de fuerza, aún no atenazado por el dolor. Era reflexivo y a menudo maravillosamente amable contemplando el sufrimiento de los demás, como si se hubiese olvidado por completo del suyo. Su boca era severa y firme, con mucha fuerza de voluntad y coraje en sus arrugas, pero una sonrisa podía hacerla tan amable como la de cualquier mujer. Sus ojos eran los de un niño que miraba a la cara con una mirada clara y sincera, prometiendo cosas buenas a quienes confiasen en él. Parecía aferrarse a la vida como si tuviese abundancia de deberes y placeres, y había aprendido el secreto de su contenido. La única vez que vi que lo vi perder la compostura fue cuando mi cirujano llevó a un colega para examinar a John. Este estudió sus rostros con mirada ansiosa y le preguntó al anciano: «¿Cree que voy a salir de esta, señor?». «Eso espero, buen hombre». Y a medida que los dos pasaban, los ojos de John los seguían con una atención tal que les habría hecho dar una respuesta más clara si los hubieran visto. Una sombra momentánea flotó sobre su rostro. A continuación, llegó la serenidad habitual, como si hubiese reconocido la existencia de una posibilidad difícil en este breve eclipse y, sin pedir nada más, pero esperándolo todo, dejó el asunto en manos de Dios, con esa sumisión que es la genuina piedad.

La noche siguiente, mientras hacía mi ronda con el doctor P., le pregunté cuál de los hombres de la sala probablemente sufría más y, para mi gran sorpresa, miró a John:

—Cada bocanada de aire que respira es como una cuchillada. La bala le atravesó el pulmón izquierdo, le astilló una costilla y ha causado muchos daños por todas partes. El pobre muchacho no puede olvidar ni encontrar alivio porque debe reposar sobre la espalda heridas o asfixiarse. Será una lucha dura y larga porque posee una gran vitalidad, pero ni siquiera su vida moderada podrá salvarlo. Ojalá pudiese.

—¿No querrá decir que va a morir, doctor?"

—Bendito sea el Cielo, no hay ninguna esperanza para él. Será mejor que se lo digas cuanto antes. Las mujeres tenéis mano para hacer esas cosas, así que te lo encomiendo a ti. No durará más de un día o dos, como mucho.

Podría haberme sentado allí mismo y llorar desconsoladamente si no hubiese aprendido que lo prudente es reprimir las lágrimas y dejarlas para los ratos ociosos. Un final así parecía muy duro para un hombre como él, cuando media docena de cuerpos desgastados e inútiles a su alrededor atesoraban los restos de vidas desperdiciadas para quedarse tal vez durante años, siendo una carga para los demás y un reproche diario para sí mismos. El ejército necesitaba hombres como John: serios, valerosos y leales, que luchasen por la libertad y la justicia con el corazón y las manos, auténticos soldados del Señor. No podía renunciar a él tan pronto, ni pensar que una paciencia de una naturaleza tan excelente se viese truncada y conducida a la eternidad por la imprudencia o la estupidez de aquellos a cuyas manos pueden requerirse tantas vidas. Para el doctor P. era sencillo decir: «Dígale que va a morir», pero era cruelmente difícil de hacer y no era en modo alguno algo para lo que «se tenía mano» como sugirió cortésmente. Entonces no tuve corazón para hacerlo y en privado me aferré a la esperanza de que, pese a las sombrías profecías, experimentase alguna mejoría que hiciese innecesario mi cometido. Minutos más tarde, cuando entré de nuevo con rollos de venda limpia, vi a John sentado muy erguido, sin nadie que lo sostuviese, mientras el cirujano le vendaba la espalda. Hasta entonces nunca había visto hacer aquello. Al tener que atender heridas más leves, y conociendo la fiabilidad del asistente, había dejado a John en sus manos. Pensaba que podría ser más agradable y seguro, pues en su caso se necesitaban tanto fuerza como experiencia. Había olvidado que aquel hombre vigoroso podría desear los cuidados más dulces de unas manos femeninas, el magnetismo compasivo de la presencia de una mujer, al igual que las almas más débiles de su alrededor. Las palabras del doctor hicieron que me reprochase el descuido, tal vez no de una obligación real, sino de esos cuidados y bondades sin nada de particular que consuelan a los espíritus nostálgicos y ayudan a que las horas sean menos pesadas. John parecía solo y abandonado en aquel momento, allí sentado con la cabeza inclinada, las manos cruzadas sobre las rodillas y ninguna señal exterior de sufrimiento. Sin embargo, al mirarlo de cerca, vi que por las mejillas le rodaban lagrimones que caían al suelo. Fue algo nuevo para mí, ya que había visto sufrir antes a muchos. Algunos juraban, otros gemían, la mayoría soportaba el dolor en silencio, pero ninguno lloraba. Sin embargo, no parecía débil, solo realmente conmovedor. Entonces mi miedo se disipó, mi corazón se abrió sin reservas y lo acogió, como si hubiese sido un niño cuya cabeza inclinada hubiese estrechado entre mis brazos mientras le decía:

—Déjame que te ayude a soportarlo, John.

Nunca he visto en semblante humano alguno una mirada de gratitud, sorpresa y consuelo tan rápida y radiante como la que me respondió con más elocuencia que el susurro de:

—Gracias, señora; ¡está bien! ¡Esto es lo que quería!

—Entonces, ¿por qué no lo pediste antes?

—No quería causar problemas. Parecía muy ocupada y yo podía apañarme solo.

—No vuelvas a pensar eso, John.

Y no lo hizo, ya que entonces entendí la mirada nostálgica que a veces me seguía cuando yo salía, tras una breve pausa junto a su cama, o simplemente un movimiento de cabeza al pasar, mientras me ocupaba de quienes parecían necesitarme más que él porque eran más imperiosos en sus peticiones. Ahora yo sabía que para él, como para muchos, yo era el triste sustituto de una madre, esposa o hermana. Supe que a sus ojos no era un extraño, sino un amigo a quien hasta entonces había parecido descuidar. Por su modestia, yo jamás había adivinado la verdad. Aquello cambió desde ese momento y, durante la tediosa operación de hacer las curas, lavarlo y vendarle las heridas, se inclinaba contra mí, asiendo mi mano con fuerza. Si el dolor le arrancaba nuevas lágrimas, solo yo las veía caer. Cuando estaba de nuevo acostado, yo revoloteaba a su alrededor en un estado de arrepentimiento que no me daba descanso hasta que le había limpiado la cara, peinado su «bonito cabello castaño», arreglado su cama y dejado un ramillete de brezo y heliotropo en su almohada limpia. Mientras hacía esto, él me contemplaba con la expresión satisfecha que tanto me gustaba ver. Cuando le ofrecía el ramillete, lo sostenía con delicadeza en su manaza, alisaba una o dos hojas dobladas, lo examinaba y lo olfateaba con un aspecto de genuino deleite, y se quedaba contento contemplando el brillo del sol sobre el verde. Aunque era el hombre más varonil de mis cuarenta pacientes, decía: «Sí, señora», como un niño. Recibía las sugerencias para su confort con una sonrisa rápida que le iluminaba el rostro. A veces, mientras yo limpiaba la mesilla junto a su cama, notaba que me tocaba suavemente el vestido, como para asegurarse de que yo estaba allí. Nunca vi nada más natural y sincero, y me pareció que este valeroso John, tan tímido como bizarro, estaba lleno de buenas cualidades y aspiraciones, las cuales, al no poder expresar con palabras, parecían haber florecido en su carácter y haberlo convertido en lo que era.

Después de aquella noche, cada tarde que le quedó le dediqué una hora a su bienestar o placer. Apenas podía hablar, ya que le faltaba el aliento y solo susurraba. Sin embargo, de las ocasionales conversaciones recogí fragmentos de su vida que no hicieron sino aumentar el afecto y el respeto que sentía por él. Una vez me pidió que escribiese una carta y, mientras preparaba el papel y la pluma, le dije en un incontenible arranque de curiosidad femenina:

—¿Se la va a enviar a su esposa o a su madre, John?

—A ninguna de los dos, señora. No estoy casado y a mi madre le escribiré cuando mejore. ¿Creyó que estaba casado por esto? —me preguntó tocando un sencillo anillo que llevaba y que con frecuencia hacía girar sobre su dedo cuando estaba solo.

—En parte por eso, pero más bien por esa especie de mirada tranquila que tienes. Es una mirada rara en los hombres jóvenes mientras no se casan.

—No sé nada de eso, pero no soy tan joven, señora. Cumplo treinta en mayo y he tenido lo que podría llamar la cabeza sentada estos diez años porque mi madre es viuda. Soy el hijo mayor y no estaría bien casarme hasta que Lizzie tenga su propio hogar y Laurie haya aprendido su oficio. No somos ricos y debo ser padre de los pequeños y esposo de mi anciana madre, si es que puedo.

—Sin duda eres las dos cosas, John. Pero ¿cómo se te ocurrió ir a la guerra, si es que fue así? ¿No era alistarse tan malo como casarse?

—No, señora, desde ni punto de vista. Cuando uno se alista ayuda al vecino, pero al casarse solo se complace a sí mismo. Fui porque no pude evitarlo. No quería la gloria ni la paga. Quería que se hiciesen bien las cosas, pese a que muchos decían que los auténticos hombres deberían ir. Yo era un auténtico hombre, ¡bien lo sabe Dios! Sin embargo, esperé todo lo que pude sin saber cuál era mi deber. Mi madre lo vio, me entregó su anillo para que me mantuviese firme y me dijo: «Ve»; así que fui.

Una historia corta y sencilla, pero el hombre y la madre quedaron mejor retratados de lo que podrían haber narrado las páginas de un buen libro.

—¿Te arrepientes alguna vez de haber ido cuando estás aquí tumbado con tanto dolor?

—Jamás señora. No he ayudado demasiado, pero he demostrado que estaba dispuesto a dar mi vida, y quizá tenga que hacerlo. Pero no culpo a nadie y volvería a hacerlo. Solo lamento no haber caído herido en el frente. Parece de cobardes que me disparasen en la espalda, pero obedecía órdenes, y al final da lo mismo. Lo sé.

¡Pobre John! Ahora no importaba, pero un disparo en el frente podría haberle ahorrado la larga agonía que le esperaba. Pareció leer el pensamiento que me atribulaba, mientras hablaba tan esperanzado cuando no cabía esperanza, pues de pronto añadió:

—Esta ha sido mi primera batalla. ¿Creen que será la última?

—Eso me temo, John.

Era la pregunta más difícil que jamás me habían pedido contestar. Era doblemente duro con aquellos ojos claros clavados en los míos, exigiendo una respuesta sincera por su propia verdad. Al principio pareció un tanto sorprendido, reflexionó unos instantes sobre el hecho fatídico y, a continuación, negó con la cabeza mirándose el ancho pecho y las musculosas extremidades que se extendían ante él.

—No tengo miedo, pero es difícil de creérselo de buenas a primeras. Soy tan fuerte que no parece posible que una heridita vaya a matarme.

Las palabras del moribundo Mercucio[27] acudieron a mi memoria mientras hablaba: «No es tan profundo como un pozo, ni tan ancho como la puerta de una iglesia, pero basta». John habría dicho lo mismo si hubiese podido ver los ominosos orificios negros entre sus hombros, cosa que jamás había hecho. al ver el espantoso panorama a su alrededor, no podía creer que su herida fuese más grave que las demás pese a todo el sufrimiento que le causaba.

—¿Le escribo a tu madre ahora?

Lo pregunté pensando que aquellas noticias del último momento podrían cambiar todos los planes y propósitos. Sin embargo, no lo hicieron. El hombre recibió la orden del Comandante Divino de marchar con la misma obediencia incondicional con que el soldado había recibido la del humano, recordando

---

[27] Amigo de Romeo en la obra de William Shakespeare *Romeo y Julieta*.

sin lugar a duda que aquel lo trajo a la vida y este lo conduciría a la muerte.

—No, señora; para Laurie en todo caso. Él se lo explicará como mejor pueda, y yo mismo le añadiré un renglón cuando termine.

Así pues, escribí la carta que me dictó. Me pareció mejor que cualquiera de las que había enviado porque, aunque aquí y allá tenía faltas gramaticales o era poco elegante, cada frase fue redactada con concisión, pero fue muy expresiva. Estaba llena de buenos consejos para el niño, «dejando a su madre y a Lizzie» a su cuidado, y despidiéndose de él con palabras más tristes debido a su sencillez. Añadió unos renglones con mano firme. Cuando la cerré, dijo con una especie de suspiro paciente: «Espero que la respuesta llegue a tiempo para que la vea». A continuación, volviendo el rostro, depositó las flores en sus labios, como para ocultar un temblor de emoción ante la idea de una ruptura tan súbita de todos los queridos vínculos familiares.

Todo esto había ocurrido dos días antes. Ahora John se moría y la carta no había llegado. Me habían llamado a muchos lechos de muerte durante mi vida, pero a ninguno que me partiese así el corazón como aquel desde que mi madre me llamase para ver la partida de un espíritu tan pacientemente dulce y fuerte como este. Cuando entré, John extendió ambas manos:

—¡Sabía que vendría! Supongo que me voy, señora.

Así era. Lo hacía tan rápidamente que, incluso mientras hablaba, vi que sobre su rostro caía ese velo gris que no puede levantar mano humana alguna. Me senté a su vera, le sequé las gotas de sudor de la frente, removí el aire a su alrededor con la lenta oscilación de un abanico y aguardé para ayudarlo a morir. Necesitaba realmente ayuda y yo apenas podía hacer nada. Y es que, como había anunciado el médico, su cuerpo vigoroso se rebeló contra la muerte y peleó por cada pulgada del camino, obligándolo a respirar entre espasmos, y a apretar sus manos con una mirada implorante, como si preguntase: «¿Cuánto debo soportar esto y seguir quieto?». Durante horas sufrió en silencio, sin un segundo de respiro ni de murmullos. Sus extremidades se enfriaron, se le humedeció el rostro, se le pusieron blancos los labios y, una y otra vez, se quitaba la manta de encima, como si el peso más leve aumentase su agonía. Sin embargo, sus ojos no perdieron su perfecta serenidad en ningún momento pese a todo, y el alma del hombre pareció permanecer allí, impasible ante los dolores que martirizaban su carne.

Uno a uno los hombres fueron despertando y alrededor de la sala apareció un círculo de rostros pálidos y ojos vigilantes, llenos de asombro y piedad porque, aunque fuese un extraño, todos apreciaban a John. Todos se habían maravillado de su paciencia, respetado su piedad, admirado su entereza y ahora lamentaban su dura muerte, ya que el influjo de una naturaleza recta había dejado una marcada impronta incluso en una sola semana. En aquel momento, el Jonathan que tanto apreciaba a este atractivo David salió arrastrándose de su cama para dirigir una mirada postrera y una última palabra. El alma bondadosa estaba atribulada, cosa que delataban su voz ahogada y el apretón de su mano. Pero no se derramaron lágrimas y la despedida de los amigos fue más conmovedora por su brevedad.

—¿Cómo estás, muchacho? —vaciló el uno.

—Casi acabado, ¡gracias al cielo! —susurró el otro.

—¿Puedo decir o hacer algo por ti?

—Lleva mis cosas a casa y diles que hice todo lo posible.

—¡Lo haré lo haré!

—Adiós, Ned.

—¡Adiós, John, adiós!"

Se besaron tiernamente como mujeres y se separaron así, pues el pobre Ned no podía quedarse a ver cómo moría su camarada. Durante unos instantes, no hubo ningún sonido en la sala, salvo el goteo de agua de uno o dos grifos, y los angustiados jadeos de John, mientras lentamente expiraba. Pensé que casi se había ido y acababa de dejar el abanico, creyendo que ya no lo necesitaría más, cuando de pronto se incorporó en su cama y profirió un grito amargo que rasgó el silencio, sobresaltando con fuerza a todos con su llamada agonizante:

—¡Por amor de Dios, dadme aire!

Era el único grito que el dolor o la muerte le habían arrancado, la única bendición que había pedido. Pero nadie de nosotros podría concedérselo, pues todos los aires que soplaban ya eran inútiles. Dan abrió la ventana. El primer rayo arrebolado del amanecer calentaba el Levante gris, un anuncio de la llegada del sol. John lo vio y, con el amor a la luz que perdura en nosotros hasta el final, pareció leer un esperanzador signo de ayuda, pues en su rostro se dibujó esa expresión misteriosa, más brillante que cualquier sonrisa, que a menudo surge en los ojos que miran por última vez. Se recostó suavemente y, alargando su fuerte brazo derecho, como para asir el aire bendito y llevarlo a sus labios en un caudal más pleno, cayó en una inconsciencia misericordiosa que nos aseguró que su sufrimiento había terminado para siempre. Murió en ese momento porque, aunque la respiración fuerte continuó un poco más de tiempo, no era más que las olas de una marea baja que golpeaba sin advertir el naufragio que un viajero inmortal había abandonado con una sonrisa. No habló más, pero sostuvo mi mano cerca hasta el final, tan cerca que cuando se durmió finalmente no pude apartarla. Dan me ayudó, advirtiéndome al hacerlo que no era seguro que permaneciesen juntas tanto tiempo la carne viva y la muerta. Aunque mi mano estaba extrañamente fría y rígida, y cuatro marcas blancas se mantenían en su espalda, aun cuando el calor y el color habían ido a otra parte, no podía dejar de alegrarme de que, quizá a través de su tacto, la presencia de la simpatía humana se había aclarado esa hora tan terrible.

Cuando lo amortajaron para la tumba, John permaneció allí durante media hora, algo que sucedía raramente en aquel lugar tan concurrido. Sin embargo, un sentimiento universal de reverencia y afecto parecía henchir los corazones de quienes lo habían conocido u oído hablar de él. En cuanto el rumor de su muerte circuló por la casa, siempre ajetreada, muchos acudieron a verlo y yo sentí una especie de tierno orgullo por mi paciente perdido. Y es que parecía una figura sumamente heroica, tendida allí con majestuosidad e inmóvil como la estatua de un joven caballero dormido sobre su sepultura. La bella expresión que tan a menudo embellece los rostros de los muertos pronto sustituyó las huellas del dolor, y deseaba que quienes más lo querían lo viesen cuando los había hecho amigos media hora de amistad con la Muerte. Mientras lo contemplábamos, el jefe de sala me entregó una carta diciéndome que la había olvidado la noche anterior. Era la carta de John, que llegó con una hora de retraso para alegrar los ojos que la habían anhelado y la habían buscado con tanto entusiasmo. Pero ahí la tenía porque, tras haber cortado unos mechones marrones para su madre y quitarle el anillo para enviarla, diciéndole lo bien que había hecho su trabajo el talismán, besé a aquel buen hijo por ella y le dejé la carta en la mano, todavía doblada cuando aparté la mía, sintiendo que su lugar estaba allí. Me sentí feliz con la idea de que, incluso en su lugar solitario en el «terreno del Gobierno»,[28] él no yacería sin una muestra del amor que hace la vida hermosa y sobrevive a la muerte. Luego lo dejé, contenta de haber conocido a un hombre tan genuino, llevándome conmigo un imborrable recuerdo del valiente herrero de Virginia mientras esperaba serenamente el amanecer de ese largo día que no conocía la noche.

---

[28] Se refiere a unos de los cementerios que destinó el Gobierno de EE.UU. a los caídos en combate durante la Guerra de Secesión.

UN PERRO CASTAÑO OSCURO

Stephen Crane

Un niño estaba de pie en la esquina de una calle. Apoyó un hombro en una alta valla de tablones y se balanceó de un lado a otro, mientras pateaba con descuido la grava.

El sol abrasaba los adoquines y una perezosa brisa estival levantaba un polvo amarillento que se arrastraba por la avenida formando nubes que atravesaban los camiones traqueteantes. El niño se quedó mirando con aire soñador.

Al cabo de un rato, un perrillo castaño oscuro llegó por la acera, trotando con aire concentrado. Iba arrastrando una correa corta que llevaba enganchada al cuello hasta que pisó la punta y tropezó.

Se detuvo frente al niño y ambos se miraron. El perro dudó unos instantes, pero luego comenzó a menear la cola. El niño alargó la mano y lo llamó. Como si se disculpase, el perro se acercó y ambos intercambiaron caricias y movimientos amistosos. El perro se fue entusiasmando cada vez más hasta que amenazó con tirar al niño con sus alegres saltos. Entonces el niño levantó la mano y le golpeó en la cabeza.

Aquello pareció someter y asombrar al perrillo castaño oscuro, y le rompió el corazón. Se tumbó desesperado a los pies del niño. Cuando este lo golpeó de nuevo y lo riñó con frases infantiles, se volvió y se sujetó las patas de una forma peculiar. Al mismo tiempo brindó, con oídos y ojos, una pequeña oración al niño.

Entonces luchó por ponerse en pie y empezó a perseguir al niño.

Resultaba tan cómico de espaldas, sosteniendo sus patas de esa forma tan peculiar, que el niño se lo pasó en grande y le dio unos golpecitos para mantenerlo así. Pero el perrillo se tomó el castigo en serio y creyó que había cometido una falta grave, pues se retorcía contrito y mostraba su arrepentimiento de todas las maneras que sabía. Suplicó al niño, le hizo una petición y brindó más oraciones.

El niño se cansó finalmente de esta diversión y se volvió a su casa. El perro estaba rezando en aquel momento. Se tumbó sobre el lomo y volvió la mirada hacia la silueta que se alejaba.

En ese momento se puso en pie y empezó a seguir al niño. Este último caminaba descuidadamente hacia su casa, deteniéndose a ratos para investigar cosas. Durante una de estas pausas descubrió al perrito que lo seguía con aire de pena.

El niño golpeó a su perseguidor con un palito que había recogido. El perro se tumbó y rezó hasta que el niño terminó y reanudó su viaje. Luego se puso en pie y retomó la persecución.

De camino a casa el niño se giró muchas veces y golpeó al perro, anunciando con gestos infantiles que lo despreciaba por ser un perro sin importancia ni valor salvo por un momento. Al ser este tipo de animal, el perro se disculpó y expresó elocuentemente su pesar, pero siguió con sigilo al niño. Sus modales se tornaron tan culpables que se escabulló como un asesino.

Cuando el niño llegó a su puerta, el perro iba unos metros por detrás. Sintió tanta vergüenza cuando se enfrentó de nuevo al niño que olvidó la correa que arrastraba. Tropezó con ella y cayó hacia delante.

El niño trató de arrastrar al perro.

El niño se sentó en el escalón y ambos mantuvieron otro encuentro, durante el cual el perro se esforzó por complacer al niño. Hizo cabriolas con tanta gracia que el niño lo vio de pronto como algo valioso. Haciendo un movimiento raudo agarró la correa.

Arrastró a su preso a un pasillo y subió unas largas escaleras hasta una vivienda oscura. El perro hizo un esfuerzo, pero no pudo subir las escaleras con habilidad porque era pequeño y débil. Finalmente el paso del niño se volvió tan rápido que el perro entró en pánico. En su cabeza lo estaban arrastrando hacia un siniestro lugar desconocido. Sus ojos se volvieron locos de terror. Empezó a mover la cabeza frenéticamente y a frenar con las patas.

El niño redobló sus esfuerzos. Libraron una batalla en las escaleras. El niño venció porque estaba completamente decidido en su propósito y porque el perro era muy pequeño. Arrastró su trofeo hasta la puerta de su casa y finalmente cruzó triunfalmente el umbral.

En ese momento el perro luchó por ponerse en pie y empezó a seguir al niño.

No había nadie en la casa. El niño se sentó en el suelo e hizo propuestas al perro que este aceptó de inmediato. Sonrió con afecto a su nuevo amigo. Enseguida se hicieron camaradas firmes y perseverantes.

Cuando apareció la familia del niño, hubo una gran bronca. El perro fue examinado, se habló de él y le pusieron apodos. Todos los ojos lo desdeñaron, de modo que se sintió muy avergonzado y cayó como una planta chamuscada. Pero el niño se dirigió con firmeza al centro de la habitación y defendió al perro con todas sus fuerzas. Cuando estaba rugiendo protestas, con los brazos en torno al cuello del perro, el padre de la familia llegó del trabajo.

Exigió saber por qué rayos hacían aullar al niño. Se le explicó con muchas palabras que aquel niño diabólico quería meter un perro de mala reputación en la familia.

Se convocó un consejo familiar del que dependía el destino del perro, aunque él no le prestó atención, pues estaba ocupado mordiendo el dobladillo del pantalón del niño.

El asunto fue rápidamente zanjado. Según parece, el padre estaba de un humor especialmente desabrido aquella noche y cuando notó que sorprendería y enojaría a todos si se permitía que se quedase semejante perro, decidió que así sería. El niño, llorando quedamente, se llevó a su amigo a una parte apartada de la habitación para jugar con él mientras el padre sofocaba una feroz rebelión de su esposa. Entonces el perro se convirtió en un miembro más de la casa.

Él y el niño estaban siempre juntos, excepto cuando el niño dormía. El niño se convirtió en su tutor y amigo. Si los mayores daban una patada al perro y le tiraban algo, el niño lo defendía con fuerza y violencia. Una vez que el niño, protestando en voz alta, con lágrimas cayéndole por el rostro y los brazos extendidos, había corrido para proteger a su amigo, había recibido un cacerolazo en la cabeza de la mano de su padre, furioso por alguna aparente descortesía del perro. Desde entonces, la familia cuidó de cómo arrojaban cosas al perro. Además, este último se volvió muy hábil esquivando proyectiles y pies. En una habitacioncita que tenía una estufa, una mesa, un escritorio y unas sillas, mostraba la habilidad de un estratega a la hora de sortear, fintar y escabullirse entre los muebles. Podía obligar a tres o cuatro personas armadas de escobas, palos y carbón a utilizar todo su ingenio para dar un golpe. E incluso cuando lo hacían, raramente le infligían un daño grave o dejaban una huella.

Pero si el niño estaba presente, no se producían estas escenas. Comprendieron que si molestaban al perro, el niño estallaba en sollozos, y como el niño no tenía freno y era prácticamente inagotable cuando empezaba, el perro tenía un ángel de la guarda.

Pero el niño no siempre podía estar cerca. Por la noche, cuando dormía, su amigo moreno elevaba desde algún rincón oscuro un grito salvaje de lamento, un canto de infinita bajeza y desesperación que iba estremeciéndose y gimiendo entre los edificios de la manzana y haciendo jurar a la gente. En esos momentos, el cantante solía ser perseguido por la cocina y era golpeado con diversos objetos.

En ocasiones era el propio niño quien golpeaba al perro, aunque no se sabe si alguna vez tuvo lo que podría llamarse realmente una causa justa. El perro siempre aceptaba sus golpes con un aire de culpa admitida. Era demasiado perro para tratar de parecer un mártir o planear una venganza. Recibía los golpes con humildad y perdonaba a su amigo en cuanto terminaba y se disponía a lamer la mano del niño con su lengüecita roja.

Cuando la desgracia asaltaba al niño y lo abrumaban sus problemas, se arrastraba con frecuencia debajo de la mesa y apoyaba su cabecita angustiada en el lomo del perro. Este siempre se mostró comprensivo. No se supone que aprovechaba esos momentos para reprochar los injustos golpes que le había propinado su amigo al ser provocado.

No estableció ningún grado notable de intimidad con los demás miembros de la familia. No confiaba en ellos y el temor que expresaba si se le acercaban por casualidad solía exasperarlos. Obtenían cierta satisfacción alimentándolo poco, pero finalmente su amigo el niño llegó a cuidar de que no pasase y, cuando lo olvidaba, el perro a menudo se las arreglaba bien.

Entonces el perro creció. Desarrolló un ladrido grave que maravillaba al proceder de un perro tan pequeño. Dejó de aullar por la noche. A veces, en sueños, soltaba grititos, como de dolor, pero eso ocurría cuando en sueños veía perrazos llameantes que lo amenazaban terriblemente.

Su devoción por el niño creció hasta ser algo sublime. Se agitaba cuando él se acercaba y se sumía en la desesperación por su partida. Podía distinguir el sonido de los pasos del niño entre todos los ruidos del vecindario. Era como una voz que lo llamaba.

El escenario de su compañía era un reino gobernado por aquel terrible soberano: el niño. Pero jamás albergó ni un instante en su corazón un ápice de crítica o rebelión. Abajo, en los místicos campos ocultos de su almita perruna, brotaron flores de amor, fidelidad y fe perfecta.

El niño acostumbraba a realizar expediciones para observar cosas extrañas en los alrededores. En aquellas ocasiones su amigo solía correr tras él o a veces por delante. Esto requería que se volviese cada cuarto de minuto para cerciorarse de que el niño venía detrás. Lo llenaba la idea de la gran importancia de estos viajes. ¡Qué aires se daba! Le enorgullecía ser el criado de un monarca tan grande.

Sin embargo, un día el padre de la familia se emborrachó más de la cuenta. Llegó a casa y celebró el carnaval con los utensilios de cocina, los muebles y su esposa. Estaba en medio de esta fiesta cuando el niño, seguido por el perro, entró en la habitación. Regresaban de sus viajes.

El ojo experto del niño vio de inmediato el estado de su padre. Se zambulló debajo de la mesa, que la experiencia le había enseñado que era un lugar seguro. El perro, sin habilidad en tales asuntos, ignoraba el estado de las cosas. Miró con ojos interesados la repentina caída de su amigo. Lo interpretó como un salto alegre. Comenzó a caminar por el suelo para unirse a él. Era la imagen de un perrito marrón oscuro de camino hacia un amigo.

El padre de familia lo vio en ese momento. Lanzó un gran gruñido de alegría y derribó al perro con una pesada cafetera. El perro, aullando de asombro y miedo, se puso en pie y corrió a cubrirse. El hombre pateó con un pie pesado. Hizo desviarse al perro como si estuviese atrapado en una marea. Un segundo golpe de la cafetera lo dejó en el suelo.

Entonces el niño avanzó valientemente como un caballero, profiriendo gritos. El padre de la familia no prestó atención a las llamadas del niño, sino que avanzó hacia el perro. Al ser derribado rápidamente dos veces, había perdido toda esperanza de escapar. Rodó sobre su lomo y mantuvo las patas de una manera peculiar. Al mismo tiempo con sus ojos y sus oídos ofreció una pequeña oración.

Pero el padre quería divertirse y se le ocurrió arrojar al perro por la ventana. Así que se agachó y agarró al animal por una pata y lo levantó mientras este se retorcía. Lo balanceó dos o tres veces sobre su cabeza, riéndose, y lo arrojó con gran precisión por la ventana.

El perro causó una gran sorpresa en el bloque. Una mujer que regaba las plantas en una ventana de enfrente profirió un grito involuntario y dejó caer un tiesto. Un hombre de otra ventana se inclinó peligrosamente para observar el vuelo del perro. Otra mujer, que había estado tendiendo ropa en un patio, se puso a hacer aspavientos como una loca. Tenía la boca llena de pinzas, pero sus brazos soltaron una especie de exclamación. Era como una prisa amordazada. Los niños corrían gritando.

El cuerpecito de color marrón oscuro se estrelló contra el techo de un cobertizo cinco pisos más abajo. Desde allí rodó hasta un callejón.

El niño estalló en un largo grito fúnebre y salió corriendo de la habitación. Tardó mucho en llegar al callejón, pues su tamaño lo obligaba a bajar las escaleras de espaldas, un peldaño cada vez, agarrándose con ambas manos al peldaño de arriba...

Cuando fueron a buscarlo más tarde, lo hallaron sentado junto al cuerpecito de su amigo moreno.

Lágrimas, indolentes lágrimas, no sé qué significan.
Lágrimas que desde lo profundo
de alguna divina desesperación
se alzan en la esencia del corazón,
y se reúnen en torno a los ojos
al contemplar los alegres campos de otoño,
pensando en los días que ya nunca serán.

Frescas como el primer rayo brillante sobre la vela,
convocando a nuestros amigos del inframundo,
triste como el último lamento agónico
que se hunde en el abismo con todo lo que amamos;
tan tristes, tan frescas, como los días que ya no serán.

Tristes y extrañas como los oscuros crepúsculos del verano,
las primeras voces de las aves cantaron
sobre los oídos muertos, junto a los muertos ojos
que contemplan la mañana trepando sobre la ventana;
tan tristes, tan frescos, como los días que ya no serán.

Amados como el recuerdo de los besos tras la muerte,
y dulces como la indiferente fantasía fingida
sobre aquellos labios que serán de otro;
profundas como el amor,
profundas como el primer amor,
salvajes huellas de un pálido remordimiento.
Oh, amarga muerte en vida, ellas son el lamento
por los días que ya nunca serán.

Lágrimas, **Lord Alfred Tennyson**

ÍNDICE

Nos encuentras en:
www.mestasediciones.com